U0152222

光與暗之戰 3

人狼、蛇妖
吸血蝠

目 錄

第一章	地球浩劫	6
第二章	死亡	20
第三章	康復	38
第四章	勝利	55
第五章	陷阱	74
第六章	蛇妖	87
第七章	脫險	104

第八章　　　　迷惑　　　　　　　　118

第九章　　　　背叛　　　　　　　　133

第十章　　　　血宴　　　　　　　　148

第十一章　　　背水一戰　　　　　　170

第十二章　　　吸血鬼之災　　　　　187

第十三章　　　分離　　　　　　　　196

第一章

地球浩劫

地球防衛軍在月亮之戰一役取得勝利，但由於未能擊殺狼武士撒加，最後反惹狼人大軍轉移攻擊地球。

由於月球離地球甚近，在月球外圍的狼人大軍能在極短時間內就作出攻擊，只是他們剛剛嚴重受挫，未敢立即貿然作出攻擊。所以只是把艦隊緩緩逼近地球，以待重整軍容後再大舉攻擊。估計他們未受重創的太空艦隻還有接近三百多艘。狼人大軍應還有不少於二十萬，如這大批狼人大軍盡數登陸地球，地球肯定難以抵擋。若再次使用核武，恐怕也只會是玉石俱焚。

我們也點算我們的剩餘實力，摩比帶來的三萬熊戰士還剩下約三千八百人，而光戰士就只剩下七十多人。原本狼人大軍與熊戰士、光戰士的比例是二十對一，現在敵我比例更是接近五十對一。當然在地球上各國合共有數百萬的常規兵力，只是這些常規兵力的裝備都不適合太空作戰，遠遠不及配備精良的太空軍，他們更不是異能人士，戰力遠不如熊戰士和光戰士。而地球防衛軍的太空戰艦也只剩下三十一艘。各方面我們都處於劣勢。

我們也曾商討可否再用核飛彈和殺手衛星對他們的太空船進行攻擊，但由於他們已有一次戰敗經驗，他們會設法防備，恐怕要破壞敵艦的難度會大增。而且經過之前一戰，我們的宇宙戰艦的數目也大減。恐怕要在太空中取勝會難以成功。

一時之間，我們也苦無對策。最後我們決定分道揚鑣，摩比仍留在太空設法摧毀他們的太空船，希望把他們登陸的攻擊部隊減至最少，而我則會回到地球協防，應付狼武士的即將來襲，摩比仍把一千熊戰士分配跟從我，由我領軍準備再次迎戰狼武士。

只一小時，我和安娜及生還的七十個光戰士已從太空戰艦回到地球。我沒有回到聯合國總部，反而是立刻去找保羅，要看看他有沒有甚麼方法退敵。哪知鬼塚說他已閉關在實驗室沒露面已快十天了。實驗室一直重門深鎖，他們就是送餐也只是放在實驗室門外。這個地下實驗室本就非常大，而維達在保羅要求下，送來甚多大大小小的儀器和過百個機械工人，這些儀器和這麼多的機械人保羅要來做甚麼，大家都不知道。只是由數天前就聽到內裏不時傳出怪叫聲，有時還有大的震動，把眾人嚇得以為是地震，只是震動並不持久，眾人才放下心來。

我剛到實驗室，就聽到怪聲，像是動物的嘶叫聲。只是大門深鎖，我看不到內在的情況。我用靈力隔著門呼喚保羅，著他開門並給予意見，哪知得到保羅的回答是「我正在實驗的最緊急關頭，這刻沒空跟你交談，撒加的傷一兩天就會好轉，狼人大軍最快明天就到，你好好準備吧！」

對於保羅的怪異行為，我雖心感奇怪，只能估計他亦在備戰之類。在關鍵時刻得不到他回應，我雖有點生氣，但亦沒時間多想，我知時間

緊迫，連找安娜相聚的時間也沒有。我急召各光戰士，要看看各人的傷勢和檢視我軍還剩下多少作戰力量。哪知這刻保羅就突然急召影子聯盟眾人說要做甚麼測試，只是我和光戰士並不在召喚之列。我也聽到保羅要求維達提供大型運輸機給他。維達家本就擁有軍工廠，要找十架八架大型軍用運輸機絕不會難倒他。我也不管保羅在做甚麼測試，反正我要和各光戰士準備作戰。我先檢查各人的傷勢，可幸是所有幸存下來的都沒有大傷，而且亞祖安、盧卡斯、伊薇特等更因上次在月球表面的核爆的能量而得到助力，成功進化。連計上奧祖和積遜，除了我外，已共有五人成功進化兩次。我內心稍感安慰，但也為死去的同伴哀傷。我不是軍事專才，不知如何指導大家準備作戰。況且大家才剛力戰一場，於是我叫大家在基地內好好休息，準備隨時作戰。

得不到保羅的回應，我唯有急回到聯合國總部。我雖然對三位上將不悅，但這刻亦絕不是合適時間去翻舊帳。我去了解他們的佈防戰略。其實最重要是我要確立作戰的地點，因為要在地球使用核武，就必須要規範戰區，而且戰區越遠離人群越好，亦要把戰區附近的人盡量撤離。當然我不能控制狼人大軍的登陸地點，但我既是他們的首要目標。只要能確立戰區，我會盡我的力量引狼人大軍去到那裏。

當我到達總部時，其實大家正是在爭論作戰地點，大家一直爭論不休，中國建議在格陵蘭，美方及加拿大大力反對。他們反建議在西伯利亞，但又遭到俄羅斯及中國反對。最後中、美都建議在南極洲，但又遭到澳洲及阿根廷極力反對。

我看著他們爭論不休，內心只感到煩厭。我決定用我自己的方法作戰，其實在地球上任何地方使用核武，都會對地球造成極大傷害。但

相對地南極洲確是在眾多地方中較遠離大部份人口的地方,而且在南北極作戰,會令熊戰士如置身主場般。我決定盡我全力引導狼武士來到南極洲,至於核武方面,我會在適當時候用靈力通知各位上將,*我*亦深信他們不會反對。

　　既然已決定了作戰地點,我再次回到基地,召集各光戰士開會,討論作戰策略。我也召集一同抵達地球的熊戰士頭目一同開會,他們暫都居於聯合國安排的地方暫住,安娜之前在月球時已慣用保羅給她的翻譯器跟一眾熊戰士溝通。這刻回到地球後就以地球大使身份一直接待眾熊戰士,照顧他們的需要,及軍事補給。她擔當這個職事,因為一眾熊戰士只相信她,而並不相信聯合國派來的人,單單要供應上千熊戰士的需要已令安娜忙得不可開交,因此我和安娜回地球後還仍未有空相見,只能每天透過視像簡單對話。

　　我把一眾光戰士和熊戰士分組編隊,然後又和三位上將通話討論空軍如何佈防,要作戰部隊盡量在空中攔截殲滅狼人大軍,盡量不讓他們著陸。我雖非將才,但經月球一戰,我已成了眾人頭目,大家也樂意和我商討策略,只要覺得合理,也會遵從我的吩咐。

　　哪知會議還不到十分鐘,俊雄就衝進來,急叫「不好了……不好了……」

　　我忙問「甚麼事?」

　　俊雄喘著氣說「狼人大軍就已進襲地球!他們兵分八路,維達說還有不出一小時就會到達各地!」三位上將亦同時收到相似的消息。

光 與 暗 之 戰

我原以為狼武士撒加會待傷勢十足復原才進襲，哪知他為了殺我們一個措手不及，就提前突襲。而且這次撒加亦收起了驕傲，選擇了有利的時間來襲。撒加知道只要有陽光，我的靈力就會倍增，所以就趁黑夜來襲。我原先是想再次以自己為餌，引撒加到南極洲。但撒加甚狡滑，這次採取主動，將狼戰士兵分八路，分別去了東京、德里、上海、紐約、聖保羅、洛杉磯、莫斯科和巴黎這些人口稠密的城市，要叫我難以分身應付。看來撒加這次的目標不再只是我一人，而是要對地球進行種族清洗、種族滅絕。

　　我這刻真的不知如何是好？究竟要救哪一個城市呢？敵軍的太空戰艦已分散，無法子在源頭攔截。影子聯盟在紐約，我要救紐約嗎？那其餘的城市呢？

　　我急忙分派各光戰士和熊戰士去到八個城市，而我決定我不會駐守某地方，反而會以追蹤土武士撒加為目標，我深信只要能擊殺土武士就能保地球安全。我吩咐其他熊武士和光武士坐飛船分別到其他七個城市，亦有部份留守紐約，希望能幫助我拖延時間，好讓我能找出撒加並打敗他。

　　臨別前，奧祖特意走來跟我說「保重！」，伊薇特更走過來擁抱我，畢竟我們一同經歷過生死，已是緊密的戰友。

　　在一眾戰士出發了才一會，我走到室外，想不到只是片刻就已見到漫天都滿佈敵方的太空船，有少數敵船已相當接近地面，跟著防衛軍的空軍就已大舉出動攔截，雙方就在空中展開激戰。而在太空中，摩比亦已率領族人發動攻擊。一時雙方激戰，只是地球就是如何努力攔截，

也難以阻止狼人大軍登陸地球。

就只一瞬間，除了空戰、大規模的陸戰亦已展開。我就已經聽到遠處傳來的激烈槍戰聲，不久就更聽到四處都傳出慘叫哀號。我雖異常心急，但我還專注在感應土武士撒加在哪裏，但瞬間這裏已有數以萬計的狼人登陸，狼人大軍最厲害之處，不單是狼戰士他們的超強戰鬥力，也不只是他們的靈力，更重要是他們血液中的細菌。只要一沾上，人就會變作狼人，保羅說過，這些細菌會令受害者變異，慢則約 72 小時、快則約 4-5 小時，就變成了狼人。穿了厚盔甲的狼人固然難以消滅，但更令人害怕的是他們的這種衍生能力會令他們的數目會變得越來越多。

我急忙聯絡仍身在聯合國的安娜，囑咐安娜要小心保護自己，跟著立刻飛到太空船登陸處擊殺狼人，並努力感應究竟狼武士身處何方？只有殺掉狼武士，這場戰爭才有機會平息。但狼人大軍實在太多，他們四處的殺人，更四處咬人為食。地球防衛軍的槍炮，根本難以殲滅他們。以我一人之力我或許能斬殺千位、萬位的狼人，但隨著被他們咬傷的人都變作狼人，他們的數目恐怕只會越來越多，我或許能保得住一、兩個城市，但最終全世界都會淪陷，那我要如何是好？難道我只可以帶著安娜離開地球逃命？

我看到地球防衛軍正負隅頑抗，但狼人大軍也配備了激光槍和激光武器，防衛軍的槍炮根本不是狼人大軍的對手，很快就給擊潰，只能暫時杖著人數上的優勢勉強阻慢狼人大軍的攻擊。但只一瞬間就四處都傳來呼救哀號。

我看到有一對母女在逃難，我看那母親已被狼人抓傷，但為了保護女兒，只能拼命，她把女孩擋在身後，只待狼人再次抓下，就會一同喪命。我急忙把激光劍擲出，正中狼人心臟。可惜我還是遲了，那狼人已向兩人擘開血盤大口，口中唾液流到母女的身上，看來那母親已難逃感染，也不知小女孩有傷口沒有。我心中難過，但亦無暇悲傷。急用靈力隔空取回激光劍，再趕忙處理了身邊那十數個狼人大軍。我飛近那母女一看，見那狼人的唾液已流遍那母親的傷口。我或許能救她一刻的性命，但恐怕最多也只是數天，那時女孩就會變成孤兒。如她那時仍跟著母親，恐怕還會喪命。

我還在猶豫是否要了結那母親。但我聽到四處都有哀號，四處都看到狼人大軍以地球人類為他們的午餐小吃，我可以看到遠處有不少人被活活撕碎，再被生吞活吃，我實不知能救得了誰。這刻我就像處身於地獄中，滿街是殘肢、血流成河，這景象實是太恐怖，街上還有不少被咬垂死的傷者。我看到一個傷者手掩著肚腹，阻擋腸臟從傷口流出，他望著我求援，我真的愛莫能助，一時間又憤怒、又覺得自己無能。我想到只要不出一會兒，這些傷者都會變作狼人，那我是否現在就要了結那母親、要了結所有被咬的人？！但我實難於下手。

當我既憤怒又氣餒的時候，我突然見到遠處一人似旋風般殺入狼人軍中，由於那人在極遠處，我看不清其面貌。但就見那人一手是刀，另一手是激光槍。對！不是手握利刃和激光槍，而是一隻手就是刀，而且那刀還可以變形的，變形的能力也就令這刀可以轉彎攻擊，而另一手就是一支激光槍！並且那人雙腳像是站在一個半球狀的空心罩，空心罩內卻有一顆大鐵球在不停旋轉，所以那人能極快速的前後左右甚至打斜

的移動。那人似對狼人甚熟悉，熟知他們心臟的位置，他與狼人對戰時往往能一刀刺穿狼人的厚甲，直穿其心臟。而且那刀還能變形轉彎，若是一刀未能得手，跟著就會改變方向攻擊，並配以激光槍連環掃射，瞬間就已殲滅了不少狼人。這人手腕戴著一個若半球體的腕錶，這錶在不停旋轉，並同時射出十多把紅外線射線，這些紅外線應是用作瞄準攻擊目標的，所以一掃瞄到狼人目擊，激光槍就會配合向目標攻擊，跟著手錶又會再轉動，追蹤下一個目標。在這些裝備配合攻擊下，往往都能極速解決對手。雖然此人所向披靡，但狼人越來越多，很快把此人困在中心。

我急飛過去幫忙，連環多劍殲滅了不少狼人，轉瞬已為那人打開缺口。哪知竟傳來一把熟悉的聲音「謝謝」。

我轉身一看，果然那人就是保羅，我也記起保羅確是有一隻這樣的手錶。只見保羅雙手雙腳都裝上奇特的機械裝置，有了這些裝備，保羅的戰鬥力就大增，一般狼人絕非他的對手。在這災難時刻有這強援，我非常高興，之前對他的懷疑、憤怒都一掃而空。

果然我們兩人實在是所向披靡。只是狼人實在太多，他們從四方八面如潮湧至，並且不少被咬的也快要變作了狼人，就是我們兩人合力也殺之不盡。

耳邊仍傳來不絕的哀號及呼救聲，我實不知如何分身救援眾人。突然我心生一計，我重施在月球一戰的故技，用靈力欲把各狼人凌空提起，要把他們送來我周遭，遠離人群。但哪知我剛提起眾多狼人，他們就紛紛從空墮下。原來我在月球一戰我提起眾光戰士和熊戰士，他們感

光 與 暗 之 戰

應到靈力從我而來，雖然不明我的用意，但都沒有運用靈力反抗，讓我任意為之。但這刻當我提起一眾狼人之際，眾狼戰士就立刻運用靈力與我對抗，若是只是十數狼人，我自能以靈力壓倒他們，但若要如在月球般一次過提起運走上千狼人，卻是不能。

就在我再次束手無策之際，突然間我聽到猛獸的嘶叫聲，是一種我好像在哪裏聽過的猛獸叫聲。我轉身要看清楚發生了甚麼事？哪知我看到的景象，我真的不敢相信！

我竟然看到一群恐龍 – 正確來說是一群速龍，正在空群而出。這些速龍，一看到狼人就撲上去捕殺。狼人雖然勇武，但這批速龍極快速、極兇悍。牠們不會單獨的襲擊狼人，而是會聚合圍捕落了單的狼人。當然狼人戰力絕對不亞於速龍，而且大部份更配有激光武器，所以速龍也不能佔到優勢。但牠們的出現卻把一面倒的形勢挽回來，變成雙方均勢。最奇特的是這批速龍竟似有人控制般的，只獵殺狼人，而不會獵殺人類，我看到其中一隻速龍對著某路人時，只是好奇的望望那人，也用鼻嗅嗅那人，那人已嚇得涕淚交流，但那速龍看過、嗅過之後大步便走了，全然沒有獵殺的意圖，但遇上狼人就聚而殲之，這令我嘖嘖稱奇。

我實不知從哪裏走出來這麼多速龍，轉眼一看，我竟看到維達坐著太空飛車(就如一架大型的航拍機)，頭戴著一個特別頭盔，似在指劃各速龍圍捕狼人，我實不知他如何能做到控制眾多速龍。大批速龍再加上地球防衛軍和我兩人，這樣我方慢慢就反佔了上風，當然要全面戰勝，恐怕還要一段時間，這期間不知還有多少人要犧牲。地球防衛軍還有專人分隔被狼人所咬的人類，一邊為他們簡單治理，另一邊我想是要防範他們隨時變作狼人。我亦無暇兼顧這批人的下場，我務必要速戰速決，

還是要盡快找到土武士方為上策。

但在我還在思考時，這刻突然地大震動，我曾和狼武士交手，知道他的本領，但這刻的震動又不似是他的作為。我轉身定睛一看，我真不信我的眼睛，我竟然看到暴龍。難道我已時空穿越，回到遠古時蠻荒之地？雖然不明就裡，但眼前景象肯定對地球有利。只見暴龍一轉眼就已吞吃數隻狼人；又或是將狼人踩在腳下，化為肉泥；又或是咬著狼人把他們撕扯成兩截，身首異處。速龍面對狼人或許沒特別優勢，只能靠聚而殲之，但暴龍就完全不同，可說是有壓倒性的優勢。雖然有不少狼人大軍也有激光狼牙棒，能令到暴龍受到一定傷害，但這對暴龍來說也不是毀滅性的傷害。而暴龍竟同樣似是受人控制，牠竟只攻擊狼人大軍。一時間我方形勢逆轉，看來短時間內我方就能獲勝。

暴龍果真的同樣為人控制，控制牠的人也同樣坐在太空飛車上，但最叫又驚又喜的是 --- 控制暴龍的人竟是我尋找多時的咸美頓。

原來這批恐龍正是出自保羅的手筆，他在實驗室不見天日的苦幹，為的就是要複製這批恐龍。而他之前請求鬼塚幫他手，就是要去自然博物館去偷取恐龍骨及恐龍蛋。他再從其中提取 DNA，他再培育了恐龍原型，然後再大量複製。並且還要用科技確保牠們極速成長，達致戰力。但恐龍是野獸，敵我難分，如只讓各恐龍自行作戰，對人類實不知是福是禍。於是保羅就在各恐龍腦中植入晶片，再利用先進科技控制各恐龍。但要控制各恐龍，並不如一般遙控玩具，而是要靠人的腦電波來控制。

人的腦電波一般分 5 種，分別是 delta 波、theta 波、alpha 波、beta 波和 gamma 波。各種腦電波各有不同的頻率，最低率的為 delta 波

(0.1-4Hz，注意沒有 0Hz，因這代表腦死亡)，跟著是 theta 波(4-8Hz)、alpha 波(8-14Hz)、beta 波(14-30Hz)和最高頻的 gamma 波(>30Hz)。一般在大腦的頂葉部都會較易測到，但不同的波也會在大腦的枕葉、額葉、顳葉處測到。

　　人在不同的境況中會呈現不同的腦電波，如休息、放鬆或平靜時是出現 alpha 波，休息時 alpha 波的數量最多、波幅也最大。一般工作、專注或在複雜思維時會出現 beta 波、theta 波就會在意識中斷、進入睡眠、或深層放鬆時出現。所以會於冥想時出現，它亦和人的潛意識有關。至於最高頻、最快速的 gamma 波如何產生還是一個迷，但它來自整個大腦，而非某部份，有人叫它作大腦噪音，因覺得它沒有特別作用，但也有人認為這波段和人的同步平行處理能力有著關係，也有認為它和高階情操如博愛等有關。最後是最慢、最低頻率的為 delta 波，它就像是人腦內的節拍，緩慢而響亮(波幅最大)，它主要出現於深度冥想和無夢、不易喚睡的沉睡中，又或是出現於嬰孩中，也同樣出現深度麻醉或缺氣的狀態下。如果 alpha 波的出現亦代表人由潛意識進入意識，theta 波就代表潛意識，delta 波就更是無意識。

　　保羅所用的科技，若要控制速龍，只要那人能發出高頻的 beta 波就可以，再配戴上一個如頭箍般的腦波放大器，就能透過速龍腦內所植入的晶片來控制牠們。如果那人的高頻的 beta 波越強，就能控制超過一隻恐龍(但並非暴龍這等巨型恐龍)，甚至可同時控制數十隻。但若要同時控制超過一百隻、甚至上千的恐龍，那人就要有強勁的 gamma 波。雖然保羅為每個恐龍操控者都設計了腦電波加強器，但仍需要找強勁的 gamma 波的人才能控制大群恐龍，特別是 gamma 波的出現並不是我們

熟悉的身體狀態，一般人亦未必會有強勁的 gamma 波，更談何容易要隨心所欲的控制它，要找到這種人極之困難。

　　保羅早前就為影子聯盟所有人測試電腦波，竟發現在影子聯盟中有人有強勁的 gamma 波。鬼塚正是那人，保羅原定由鬼塚控制一眾速龍，哪知那天鬼塚在測試期間，維達因好奇而來觀看，也嚷著要試試，哪知一試之下，他的 gamma 波與鬼塚同樣強勁。雖然大家對由維達執行這危險任務有所保留，但維達就堅持肩負這責任。這時見他控制多達數百隻速龍，竟然也有板有眼，勝任有餘。除了速龍、要控制翼龍也一樣，需要強大的 gamma 波來控制。

　　至於要控制暴龍就更困難，因為控制這種巨型恐龍，那人必需要有超強的 delta 波。但這是極困難的，因為一般來說 delta 波只會在睡眠或冥想時最強，但人在這狀態又如何能執行任務呢？所以要找能在清醒時擁有強勁 delta 波的人近乎不可能。可幸的是保羅的 delta 波也算強勁。但由他控制的暴龍卻還是未能操控自如。哪知在最後關頭咸美頓突然找到工廠來，保羅發現咸美頓竟有強勁的 delta 波。咸美頓雖不識保羅，但保羅早就認識咸美頓這人。就這樣控制暴龍的責任就落在咸美頓身上。

　　我一見咸美頓就喜出望外，忙飛過去與他相會，只見這刻他似睡似醒，狀況奇特，我伸手過去握住他手，他就像從夢中醒來般，霎時兩人都心中激盪。但就是這一分神，暴龍就已不受控制，不分敵我，四處破壞。保羅忙呼喝我「現在不要打擾他，咸美頓你要專注控制暴龍，你們戰後再相聚！」

　　我雖不明所以，但也忙放手飛走，怕會再出事端，心想只要盡快取勝，之後就可再聚。這刻見他安然無恙，亦不急於一時。心神激盪後，咸美頓要好一會兒才能重新專注，暴龍重新受控。原來他在這半睡半醒的狀態中，還有人工智能的輔助才能控制暴龍攻擊狼人大軍。

　　集合我和保羅、咸美頓的暴龍、維達的速龍群，地球防衛軍的密集炮火，我們很快就佔得上風。狼人的體液能改變人的 DNA，但對速龍的作用就小得多，對體型巨大的暴龍更似毫無影響。漸漸狼人大軍就被殲滅。

　　我正全力消滅狼人大軍的之時，突然收到摩比靈力的呼喚。他跟我說已發現撒加的登陸隊伍，正要去截擊他們。我稍一思考後，對他說「不要攔截，讓我在地球迎戰他，你專注攔截其他狼人隊伍。」我這麼對摩比說，並不是因為自大，而是如果摩比纏上撒加，就難以分身，那麼狼人二十萬大軍的其他隊伍就會盡數登陸地球。我們的恐龍數目恐怕不夠應付，若數目不夠分散在八個城市去抵擋狼人大軍，那麼地球就很可能會淪陷。

　　果然不久我就感應到撒加快登陸地球，他正向著東京的位置登陸。我要立即趕去，只有能殲滅撒加，才能令他撤軍。反正現在在這裏，我方穩佔上風。

　　我忙對保羅說「撒加就在東京，我要立刻趕去，只有打敗撒加，戰事才會結束！」

　　「你快去！鬼塚已比你先一步帶著三百翼龍和三百速龍去了東京，你去那裏會合他，這裏我們一勝利，我們就會分別趕去聖保羅、洛杉磯、

莫斯科！」

　　「明白，我會竭盡全力，你們要保重，也請一定要幫我照顧安娜！」

第二章
死亡

　　原來除了維達和咸美頓，影子聯盟可以說是總動員，他們分作八個小組，分赴八個城市作戰。俊雄和隊友帶了五百隻翼龍到上海作戰，辛格和他的隊伍也帶了五百隻翼龍去德里，多明尼克和他的團隊就帶了四百隻速龍到巴黎，其餘的各人也盡數出動去支援聖保羅和莫斯科等地。只是他們能控制恐龍的數目遠不如維達和鬼塚，由於準備時間太短，保羅複製恐龍的數目亦有限，未能帶更多的恐龍作戰。但就為我爭取時間，希望我能戰勝撒加。

　　其實在這次防衛戰中，還是摩比的熊人戰隊的戰功最大，因為他們負責在太空阻截各狼族的太空戰艦。雖然這些太空戰艦都有防護罩保護，要摧毀它們並不容易，但是戰艦的推進器還是有部份外露於防護罩外，所以熊族就集中破壞戰艦的推進器，成功阻截大部份狼軍登陸地球。也正正因摩比放走了撒加，專注攻擊其他隊伍，才能成功阻截大部份登陸隊伍，狼族雖有約二十萬大軍，但能到達地球的連六萬都不到。

　　而登陸東京和紐約的就是狼人的主力隊，兩隊已合共四萬多狼人。紐約有我、保羅、咸美頓和維達的保護，成功殲滅了敵軍。而其他城市在大量地球防衛軍和保羅援軍的幫助，一時間也能力保不失。只是東京的防守力量就相對薄弱，而且狼族的主力軍正登陸這裏。

鬼塚帶著三百翼龍和三百速龍成功趕在撒加登陸前就到了東京。地球防衛軍的士兵看著一群速龍、翼龍就在他們附近，並接到命令不能向牠們開火，內心都有點發毛。有士兵就問鬼塚「這些速龍真的受控嗎？會否攻擊人類？」

　　「不會的，放心！而且這些不是速龍，是猶他盜龍！」鬼塚回答說。原來保羅早跟他說過這些都是猶他盜龍，而非速龍。兩者同屬於盜龍科(或馳龍科)，但速龍體型較小，大小只若火雞般，雖然速度較快，但力量恐難敵狼人大軍。而猶他盜龍就是馳龍類中體型最大的，身高可達 2 米，身長更可長達 7 米，重量則可達五百公斤，對付狼人大軍較有優勢。只不過一般人都只認識速龍，所以保羅亦不多作解釋，讓大家把牠們當作速龍就是，也不修正大家。

　　這刻鬼塚看著大家驚惶的樣子，心想狼人大軍比這批速龍更恐怖，內心不禁暗暗擔憂。這刻他已知道他會正面面對撒加和他的二萬大軍，自己可說是完全處於劣勢，內心雖然恐懼，但亦已無退路。唯有想既不能力敵，只能智取。

　　原來他在出發前已預計地球防衛軍雖眾，但戰力難以抵擋狼人大軍，自己帶的恐龍隊只會孤軍作戰，所以鬼塚和維達早就訂下戰略，既然不能在城市用核彈，就改用火攻，估算就算狼人有近乎不死身，但在烈火之下，都會消弭殆盡。經過與防衛軍協調，並按雷達的偵察估算狼人的登陸地後，劃定了戰區，並盡量疏散了戰區附近的大批居民。而且維達還和地球防衛軍協調過，部署了他軍工廠最先進的武器和一小隊隊伍隨從鬼塚出發，這小隊曾接受培訓如何操作這些大殺傷力武器，而小隊會由維達本人或鬼塚來指揮。本來一般大國交戰時，較少會讓私兵參

與指揮作戰，但這刻在人類滅亡之大前題下，維達還是成功說服防衛軍讓他的私人部隊直接參戰。

狼人大軍不久就真的在鬼塚估算的地點附近登陸。這時紐約之戰已近尾聲，維達雖未能趕及去東京，但就已抽身遙控他的小隊準備作戰，我亦準備飛去東京。狼人大軍一登陸就瘋狂殺戮，不能及時撤走的人都難於幸免，鬼塚唯有驅動速龍去攻擊襲擊人類的狼人，再協調防衛軍去救人。但這時鬼塚耳邊傳來維達的聲音「現在就是時候！」原來維達透過衛星視像一直在觀察現場，覺得這刻正是最佳的攻擊時間。

「再等一等，還有很多人未能疏散。」鬼塚忙道。

「不能再等了」維達說。

「給我十分鐘，讓我盡量疏散！」鬼塚在高點正看到一家四口在逃跑時被狼人襲擊。忙召喚速龍去攻擊那狼人。

「不能再等了！如果再等下去，只會釀成更大死傷！」

跟著維達就立時下令他那小隊開火。

炮火立時就密集的射向狼人大軍登陸的位置，維達所用的是他家兵工廠的烈焰彈，除了爆破力強大外，還能持續極高溫焚燒，這對殲滅狼人大有幫助。霎時已烈焰衝天，眾多狼人被烈火焚燒。

鬼塚本欲爭取多點時間救援，但這刻眼看那一家四口就葬身火海，連前去救援的速龍也一併燒死，雖然心內難過，但亦明白不立時阻截狼人，可能死傷會更高。

烈焰彈瞬間已在地上炸出了一個半球型的超大坑洞，無數的狼人、人類均墮入其中，地洞中烈火焚燒，只要時間一久，看來沒有生物能活下來。但狼人也不是一燒即死，不少狼人仍竭力從火洞中要爬出來。鬼塚立時指揮在火洞邊緣的隊伍攻擊嘗試爬出來的狼人，務必要令狼人逃不出火洞或是被速龍撲殺。他又控制翼龍把在火洞外的狼人擒抓，再飛向火洞上空投下。

　　果然這策略甚為奏效，不少已登陸的狼人大軍都被殲滅。看到這效果，不少地球防衛軍都振臂高呼。

　　但撒加亦非善類，他只是派了數千的先頭部隊先登陸測試防衛軍的反應。他已看出防衛軍一方，恐龍數目不多，攻擊時又因群眾疏散不及而有所顧忌。這刻他就決定了把大軍分作了十隊，分別向最多人聚集的地方登陸。

　　就這樣雙方優勢又再逆轉。

　　維達立時要再發出攻擊，但鬼塚見平民人數眾多，就跟維達說「給我十五分鐘時間，若我未能成功，你就攻擊吧！」

　　原來鬼塚靠著無人偵擦機，已找到撒加的位置。他決定冒險一試。

　　這刻撒加正帶著他的大軍前進，他正等待光武士的來臨，但在光武士到來之前，他享受殺戮、也享受攻城掠地，所以他派遣他的大軍全部出去盡情殺戮，聽到越多的慘叫聲，他的心情就越好。他身邊的部隊全都被他驅令出去殺戮，離他頗遠，沒有狼人在他身邊保護他，因他根本不需要別人保護。而這亦正是鬼塚所要的機會。

光與暗之戰

撒加正慢步走到一個寬敞的十字路口，他的手下都離他遠遠的。所以撒加就好像在一個四野無人的寬地上獨自在走動。偶爾有一些人無意的撞到他面前，就被他虐殺，他不會立時殺死獵物，而是享受折磨獵物。只是能避開他手下大軍仍有命到他面前的實在不多。寬闊的馬路就只剩下一些擱置的車輛和遍地死屍，人蹤渺無，只是從遠處傳來的慘叫聲還是不絕於耳。

正當撒加大搖大擺的走過這寬地，當他走近一輛車輛時，突然有隻速龍從擱置的車輛後撲出，一把咬著撒加。原來鬼塚利用軍機把少量速龍空投到附近，再帶著速龍來此伏擊，雖然有些速龍在途中時已被撒加的部下所殺或困於途中，但還是有八隻速龍成功到此埋伏。

就在第一隻速龍得手後，其他速龍亦盡數撲出。一時間就已有四隻速龍咬著撒加，另外四隻也快至。空中亦有四隻翼龍撲向他，準備攻擊。鬼塚也駕著飛船到來，希望以烈火槍攻擊撒加。很快鬼塚就到達撒加不遠處，此時撒加已被八隻速龍同時咬著。

雖然鬼塚也不希望傷害這些速龍，但他知道這是唯一的機會。他也知道八隻速龍再加上手中的烈火槍也未必能消滅撒加。但他立意要保衛這地方，所以他已抱著同歸於盡的決心。若他未能消滅撒加，他就會召喚維達集中火力攻擊此處。

哪知撒加容讓八隻速龍咬著他，為的就是等待鬼塚出現「我的玩具終於出現了嗎？」只見他發力一振，八隻速龍就全被他震開，雖然八隻速龍口中都撕下他一些皮肉，亦見到各傷口流下不少綠色的血。但這些傷好像對他全無影響。跟著撒加就在鬼塚啟動烈火槍之前，擲出激光

狼牙棒一把打爛鬼塚的飛船，由於鬼塚從飛船掉下，烈火槍的準頭就偏差了，只燒著了在天空的兩隻翼龍。

鬼塚急指揮一眾速龍再攻擊撒加，但撒加能力遠遠超過一般狼人，他用靈力回收狼牙棒，再一捧就同時打死兩隻速龍及一隻翼龍。雖然再有速龍咬著撒加，但撒加一抓就已把那速龍弄得身首異處。他再連環兩捧，就把餘下五隻速龍及一隻翼龍都打飛至老遠，恐怕全都被打至骨碎而亡。之後他還用靈力凌空奪過鬼塚的烈火槍。

鬼塚知道已然無倖，急召維達發動攻擊，可惜的是撒加早已從先頭部隊被攻擊時就鎖定了維達的小隊的攻擊位置，他登陸時就先派部隊殲滅了維達的小隊。這時無論維達如何召喚，也無法再發動攻擊，而地球防衛軍雖仍奮力作戰，但卻節節敗退，司令正考慮使用核彈玉石俱焚。

撒加一把握住鬼塚頸項，但只是出了兩分力，令他不致窒息，只是高高被提起。撒加對鬼塚說「你怕我嗎？」撒加竟用地球的語言跟他說話，原來撒加用上了從鷹族借來的科技，可幫助他轉換語言。

「不怕，你要殺我就快點動手吧！」

「在你怕我之前，我絕不會殺你的！」撒加獰笑。跟著他一把提起鬼塚，再把他的身體大力向下插，鬼塚雙腳觸地，立時就斷了。鬼塚劇痛，但仍強忍不呼痛。撒加再單手提起他，問「你開聲求我吧！求我的話，或換你一個快死！」

鬼塚強忍痛楚，「要我求你，不要發夢！」

跟著撒加就把鬼塚拋來拋去，每拋一次，鬼塚都多一處傷口或一處骨折，其實若不是撒加留力，鬼塚早就死去。

　　撒加看到鬼塚已意識模糊，知道他已撐不到多久，再問「求我吧！求我就給你快死，不用受折磨！」

　　鬼塚這刻就是呼痛的力也沒有了，用僅餘的力氣斷斷續續的說「你要……殺……就殺，休想……我求……你！」

　　「我喜歡你這麼氣硬，我不殺你，你就成為我們一份子吧！」說罷獰笑。對著鬼塚的傷口，血口大開，準備一口咬下。

　　鬼塚立時大驚，只是全身都不聽呼喚，就怕連咬舌頭自殺的力氣都已沒有了。

　　在那一刻間我已飛到東京，我一看到撒加的背後的身影，就全力向他背劈出一劍。

　　哪知在我的劍快要及身時，撒加一轉身，把鬼塚擋在他身前，這劍若是劈下，鬼塚就會立時身首異處。我急忙轉彎飛向別處。由於轉彎過急，我還撞向鄰邊一座大廈處，撞得沙石飛散四處。

　　哪知我還是看到鬼塚的左前臂被撒加咬著。

　　我大驚之下，立時再向撒加作出攻擊。

　　哪知撒加再次把鬼塚擋在身前。

　　我又再次急轉彎把身邊一架車撞飛。

我知再耗多一會，就是鬼塚不死，也會變成狼人。

我就跟撒加說「我們堂堂正正的決一死戰吧！不過若你怕了我，就繼續拿這人作擋箭牌吧！」

撒加一聽就隨手拋開鬼塚，並且獰笑說「好吧！如你能打敗我，我就把誰是殺你媽媽的兇手告訴你！」

我心頭大震！雙眼發紅。我之前因為希望拯救地救，已暫時將私人恩怨放在一旁，但這刻撒加舊事重提，我不禁心神激盪。復仇之念湧上心頭，剛剛還是一心一意想救鬼塚，這刻就一心只想復仇，我急揮動激光劍向撒加進攻，誓要找出殺母之兇，亦急欲找出哪一狼人殺害細威、成浩。在月亮之戰時，我就知道我的力量還不及撒加，哪怕現在就是撒加受傷未全康復，他的實力還是不可小覷，我應盡量利用我的靈巧，以飛行從四方八面攻擊他。此刻我不發一言，竭力守住心神。

我欲速戰速決，所以我出劍越來越快，而且我的第七感的威力也越來越強，這時的我與當初戰摩比、卡卡迪達、杜格拉斯時的我已不能比擬。想不到不出二百招，我竟已佔得上風。這逼得撒加要使出絕招。

摩比早就告訴過我，七武士中除了我(上任的光武士也有)各有各的絕招，只是這些絕招，不易在一般戰鬥中使用，以至我縱使曾和四位武士交過手，除了摩比的絕招，就是卡卡迪達的我也還未有見過。但對於各人的絕招，摩比還是跟我詳細描述過。

土武士的絕招就是「星球爆烈」，就是以他一擊之力足以粉碎一個小行星，可見其威力之大。只是撒加在月球和我對戰之時，一直處於上

風，也就沒有使過出來。這時他處於下風，就逼得他再不能有所保留。

只見撒加連發兩招逼我向後飛退後，就深吸一口氣，就使出「星球爆烈」向我直擊而來。這刻我還離開撒加逾百呎，但迎面迎來勁風，就如十級強風般威勢，風力隨著他捧揮下，由上而下，直把急飛的我壓向地下，跟著大地斷裂，極其震動，狂風有如萬噸之力，直把我直壓於地下裂縫中，他這一擊之力直把日本的本州差不多就劈開成兩截，我如何能敵，我就直墮裂縫中。但就在我直墮深淵之際，我急忙使出我自創的「曙光乍現」。這一招就如曙光般，縱然並不強勁閃耀，但都總能在黑夜中照亮夜空，所以撒加招數雖引來勁風狂飆，有如巨山壓頂，但我的招式還是透過絲絲間隙中穿透而出。

只見我的劍光果然突破他的烈風狂壓，直射向他身體不同部位。雖然劍光的威力並不算太強勁，但就有如十數把小刀刺向他，尚未傷癒的他不敢太冒險，最終也能把撒加逼退，縱使他急退，左肩還是輕微被我的劍光所傷。只是他一移動，他一擊之勢就未能完成，風力立減，雖然我已感到兩條肋骨已斷，但我還是立時從裂縫急飛而出。其實在摩比告訴我他們各有絕招之後，我就苦思如何破解。

及後我就苦思能否也創建自己的絕招，我就按光的特色，苦練如何發揮我的所學所長，就創造了「曙光乍現」。這刻我飛在高空，只見地面有一條極大的裂縫，撒加這一劈或未將整個本州劈開，但東京就此被劈分為二，可見這招的威力是何等的巨大。我不禁暗想，這招能逼退撒加實屬慶幸。我自忖以招比招，我招式的威力絕對敵不過撒加的絕招，只是撒加先負傷，戰力打折。再加上他自負實力在我之上，有所輕敵，又不認知我自創的招式，反而我對他的絕招卻略有所知，我才能一招得

手，把他逼退。如他沒傷，兩人再以這招正面對決，我還是會敵不過他。

撒加想不到連他的絕招也奈不了我何，一反常態，並不急怒。只是冷冷的說「你知你媽媽快死時的情況嗎？如你求我的話，我可以告訴你知」

聽後，我勃然大怒，也不理胸口疼痛，不住揮動激光劍直劈撒加，撒加只可以以他的狼牙棒不斷擋格。我不住催谷我的靈力，為要立時擊倒撒加。我一劍快似一劍，撒加好像漸漸抵擋不住，想必是他在月球所受的傷還未完全好過來。

「你可知你媽媽死前是怎樣的求饒？」

我聽到後更是狂怒，直似瘋了的以激光劍橫斬直劈，眼看撒加快要敗下來之際，突然地再次大震動，再次裂開一條長長的裂縫，但這對我根本起不了作用，我這刻本就是飛著作戰，雙腳完全沒有著地的。

突然間裂縫中有土地向我噴出，這招對我也已不管用，我把劃了一個劍圈就把噴出物全都擋住，哪知就在這瞬間，撒加已跳進裂縫中。

我大叫「休想逃！」

我急忙追入，這裂縫很深，直達地下數十公里，撒加一直往下逃，我就一直追，我的怒火已完全掩蓋我的理智。

當我已深入地底時，哪知地表突然合上。而且不只地表合上，泥土也從四方八面的向我擠擁過來。我本想急飛出來，但因我已太深入地底內，所以我未能及時走出。我急忙運起靈力對抗擠擁過來的泥土，這

樣的擠壓還是奈何不了我的。但地表已合上，瞬間完全黑暗，連一絲光線也沒有，我開始感到我的力量漸弱，相反撒加的力量卻漸強。慢慢我感到泥土擠壓越來越令我感到吃力，我知我不能再留在地底，否則我或會性命不保。我奮起我的第七感，想把泥土推開，希望能衝出地底。

就在我全力對抗四方擠壓的泥土時，剛快要破土而出時，撒加看準了時機，他穿過地層，急攀到我的背後，用狼牙棒狠狠地作出致命一擊。由於我急於要回到地面，我所有靈力都在對抗四方的泥土，我雖比撒加靈活，但在這密閉空間根本難以施展，終未能避過這一擊。

我受了很重的傷，但還未死去。

「你放心，我會讓你知道你媽媽死時的狀況。我會慢慢殺你的。就像你媽媽死時一樣！」

我心頭大震，我要死了，心中極怒、也百般懊悔為何自己這麼蠢，竟中了撒加的計謀，我感到對不住母親，也不捨安娜。但一切已太遲，我的力量急速離我而去，泥土漸漸逼迫近我，受了重傷後的我，相信只能再抵擋片刻就會被土葬。

此刻我嘗試用靈力連結安娜，希望能跟她道別，慶幸我還能勉強感應到她。

但我只能斷斷續續的說「安娜！對不起，我要走了，妳要好好的活下去，妳一定要幸福！」

我感應到安娜的焦急，對我的呼號，漸漸我再也感應不到她，我的力量正不斷減弱，只再一刻間我就會被完全活埋，撒加沒有再出手，

只是在一旁獰笑，靜靜看著我垂死掙扎。

就在這刻，突然四方八面都有地下水湧至，水把我包裹。水不斷的湧入，沖走向我擠壓的泥土，我稍稍喘一口氣。這時，只見地表被劈開，洪水不斷的流入，水勢十分之大，不住沖開我身邊的泥土。

撒加大怒，「卡卡迪達，你這死剩種，敢阻我的好事？」霎時撒加衝出地面，向卡卡迪達呼戰。

洪水把我浮出地底，我終於回到地面，看到光線，我的力量稍復，但我傷得甚重，實還有性命之虞。

在地面，我果然看到卡卡迪達和撒加激戰。卡卡迪達把他的激光鞭耍得如飛龍般不住圍著撒加，撒加同樣把狼牙棒急舞，防守極之嚴密，又偶爾進攻。但卡卡迪達的鞭就如飛龍飛舞，撒加就如靈狼般躍動，激光鞭在他的前後左右飛舞，不停伺機突入。轉瞬間兩人已激戰了過百回合。

漸漸卡卡迪達佔到了上風，他們本在伯仲之間，但我想撒加的傷真的沒有完全好過來。看來最後卡卡迪達都會勝出。

果然不出一會，撒加傾盡全力一棒擊向卡卡迪達，卡卡迪達把他的激光鞭急捲成盾。棒盾相擊，產生極大的衝擊波，我勉強用虛弱的靈力穩住，不至被沖走。就在這刻，卡卡迪達的盾又化作了鞭，竟然繞了一圈，急繞到撒加身後攻他。撒加用靈力令他背後的土地突出而起，築了一幅土牆，但土牆如何能阻擋激光鞭，只見激光鞭終於擊中撒加。不過他已向旁急閃，這鞭只傷了他一點。

光 與 暗 之 戰

撒加心知再打下去，他終會落敗，而且摩比應離我們不遠，若他加入戰團，他更加難以全身而退。他也不肯定我是否完全失去戰鬥力。所以他不敢久戰，他向躺在地上的我急攻而來。卡卡迪達急忙揮鞭護我，他把激光鞭揮動得滴水不漏，以防我再次受傷。只見撒加驅動土地，多處土地暴起，從四方八面想射向我，這種擊打對卡卡迪達當然無法得逞，但卡卡迪達為了保護我，只得全神抵擋，不敢有所疏漏，就這樣只阻擋了他片刻，撒加已召喚了太空船把他接走。

「你莫要逃！」卡卡迪達說。

「我會回來取你命的，等著吧！」

卡卡迪達可以飛，本待再追。但他感到我的生命力正在消退。

殺撒加固然重要，但要打敗暗魅更重要，他不想見我白白死去，權衡輕重後，決定留下來拯救我的性命，只好瞪眼看著撒加逃走了。

其實摩比在太空亦消滅了不少狼族的太空船，狼族從鷹族借來的太空船其實也很先進，但狼族始終不脫原始的民族的特性。堅信個人的原始力量，而甚少倚靠科技，所以太空船的威力，他們連四五成也未發揮到。

當撒加回到母艦後，他就知道此戰他們肯定無法得勝，反正我已重傷，甚至或會死去，他們就真的大舉撤退。

卡卡迪達不只是他一人來到地球，他也帶來了一萬龍戰士，這一萬龍戰士分別到了另外那七個城市去清除未有及時撤退的狼人戰士。在狼人大軍撤退後，摩比和熊戰士也加入清剿。但他們不會單單殺滅狼人，

所有被狼人咬傷的人類只要被他們看見，也會一併全部被殺滅。所以街上有勝利的歡呼，亦到處滿有哀號。

至於我，撒加對我的本是致命一擊，由於傷得太重，他們把我送回影子聯盟時，我仍然是昏迷。本來受重傷的我和鬼塚應當送去醫院的，但保羅說我受的傷極重，地球的醫學已無法幫助我，只有摩比和卡卡迪達才可以幫助我。既然醫院也無法幫助我，安娜索性建議送我回到影子聯盟，亦以免我在醫院成為禾特等的實驗對像。鬼塚也一併送回聯盟醫治。

回到影子聯盟後，安娜異常擔心，整日伴在我側。眾人對此雖感到有點突然，但也不至太突兀，只是智旭不服氣給摩里斯估中，而眾人中最愕然的還是維達。他一直想找個機會問清楚安娜，只是她常伴在我側，他無從找到機會。

原來我和安娜在大爆炸中擁吻，除了我和她之外，沒有人在附近，所以沒有人知道。就是監察衛星亦被核爆干擾，無法清楚拍到當時的情景。我們在摩比的太空船中再次擁吻，熊族人也不會向地球傳揚這事。所以我和安娜熱戀一事，除了我倆，地球上還沒有人知道。

當安娜見到摩比時，就求摩比醫治我。摩比和卡卡迪達互相對望，然後兩人一左一右伸手輕按我雙肩，用靈力與我連接，再將靈力緩緩輸入我體內。本來靈力從來都只是從四周借取，之後會回歸本物的。但七武士卻是與別不同的，當靈力去到七武士這個級別，就有可能借取了靈力，而據為己有的。特別是七武士久經戰鬥，常常會發生臨戰死的對手的靈力流散到七武士身上。這刻兩人就各自把靈力送進我體內。

得到他兩人的幫助，我的生命力漸漸回復。起初我的靈力極弱，但他們輸入他們的靈力後，我的靈力持續回升，身體受傷可以慢慢復原，但靈力一旦全部流走，生命就會到盡頭。但只一刻間，兩人的靈力就被我源源不絕急吸進體內，兩人大吃一驚，急忙斷開連接。兩人不禁對望一眼，心內暗暗驚嘆我若不是受了重傷，或許我的第七感已能超越他們。

　　我終於掙開了眼，雖然仍是重傷中，但經過兩人醫治及日光浴後，感覺已大幅好轉，靈力回復旺盛後，如果能靜養，我的傷相信兩三個星期左右就會康復。大家也驚嘆我的超強復原能力，受了這樣重的傷也能這麼快復原。

　　「我死不了！不要再擔心！」我援援伸手輕撫安娜的頭髮。

　　安娜突然輕打我身「你莫再要丟下我一人！」跟著破涕為笑，握著我的手，輕貼她的面頰。

　　「卡卡迪達，真的謝謝你！摩比，也謝謝你！我代地球所有人謝謝你倆！」

　　「我們早已坐在同一條船，也不用謝」摩比說。

　　「你還虛弱，要好好休息。我們明天再說」保羅說。

　　「鬼塚怎樣了？他有救了嗎？」我急問。

　　「放心！他受了重傷，在休養中，但起碼保住性命！」

　　「那他有沒有……？」

保羅會意我的意思，知我想問鬼塚被咬之後有否變作狼人？

「放心，沒有！」

原來就在鬼塚被撒加拋在地之後，他竟幸運地被拋到烈火槍之旁，他用盡僅餘之力，啟動烈火槍，但火焰不是燒向撒加，而是燒向被咬的左手，霎時他的左手就被燒至剩下骨骼，鬼塚也痛得暈死過去。

當眾人到達救援之時，他的左臂已被燒掉。他傷得極重，但因他當機立斷，自燒一臂，就沒被最可怕的病毒所侵害。

之後保羅不但用先進醫療器材醫治他，還為他裝上了一隻機械左手，這就和保羅的左手相若。只是他身上多處骨折，雖然保得住性命，但沒有三數月都難以痊癒，絕無法像我般快速復原，但在鬼塚昏迷了六天後，也漸漸恢復了神志，現在只能靜養等待康復。

保羅說過鬼塚的情況後，我略感安慰，但仍為他失去左手而感到難過，也自責為何沒能早點到達救援。

「你也不用自責，打仗之中，生死還有誰能控制，他能不死，又沒變作狼人，已是大幸。若不是他的部隊先作拖延等待你和卡卡迪達的救援，東京早就淪陷了！」

眾人為了不要打擾我休息，這刻就都告辭了。

安娜還待留下來，摩比說「妳也明天再來吧！妳留下他不會好好休息的！」

我輕握安娜的手「這幾天妳也倦了，今天妳也好好休息吧！」安

娜已近數天沒睡，我看著她一臉倦容，雖然不捨，但不忍見她再勞累。

「那我明早再來看你。」說罷安娜和眾人都退了出去。

維達在我的房間待了一整天，就是等待這刻。他當然也關心我，但更期待能和安娜單獨相處的機會。

在安娜離開房間後，維達就把她拉到一角，眾人雖然好奇，但也不能硬著面皮留著打聽，也一一先後離去。

「妳在出發前，我問妳的問題，妳有了答案嗎？妳會接受我嗎？」其實答案早在眼前，不過維達還是希望能問個明白，盼望安娜對我只是兄妹般關心，而非男女之情。沒有安娜的親口答覆，他絕不會放棄。

「對不起！我不能選你，不是你不好，而是你我根本是兩個不同世界的人，沒可能在一起！」

「那些甚麼身份、地位要匹配之類的話，在我看來根本全如垃圾。我不覺妳我不襯，反之我更覺妳非常適合我，妳起碼比起那些所謂名緩淑女更爽朗親切，妳我都想為地球社會有所貢獻，大家價值觀也相近，怎麼可能會不相襯？！」

「但我已選了永照哥哥，只能辜負你的好意！」

其實安娜因為容貌秀美，在學校時也經常被人追求，但她甚麼人也看不上眼，從沒有接受任何人的追求。但不知怎的，跟我相處的那八天竟就像度過了一輩子般的深刻。雖然之後大家分開了，但安娜卻從未將我忘懷。分開越久，越是想念。直至大家再會面，安娜更是情根深種。

維達聽後，面上忽紅忽青，難以置信、失望、憤怒先後湧上心頭，他一生從未給人拒絕，哪怕是他那權傾朝野的父親也要讓他三分。他從沒對哪個女性青睞，想不到第一次示愛，竟會被安娜一個平凡女孩拒絕。但他隨即寧定。說「我尊重妳的決定，永照的確是一個好男孩，但妳一天未結婚，我也不會放棄！妳也不要叫我放棄，就當是給大家一個機會！好好照顧永照，我過兩天再來探他。」說罷就徑自離去。

　　由於我受傷實在不輕，他們離開不久後，我就深沉睡去，甚至一連數天也失去了意識。保羅已下令除了他、卡卡迪達、摩比和安娜四人和醫護外，甚麼人也不能探望，就是連咸美頓也不能例外，以免影響我康復進度。雖然維達是聯盟的話事人，但保羅就儼如我的代理人，所以保羅對我的安排大家也不敢違背，保羅甚至安排了兩個機械護衛守在我的房門口，一切來訪的人都被拒門外。直至數天後，我情況漸好，開始回復意識，保羅才撤走兩個機械護衛，並容許眾人明天來探望我。

第三章

康復

　　第二天一早，我還在睡夢中，但就有種奇怪感覺，好像有人一直在凝望著我。雖然我受了傷，靈力有所減弱，但還是有一定的警覺性。我急睜開眼，立時嚇了我一跳，在我面前竟然有張女性面孔緊貼我的面，兩人相隔還不夠十厘米。我一嚇之下，本能的反應立時就想坐起。哪知一嘗試撐起身體，就跟我面前的女性撞個正著，竟不經意的吻了她的嘴一下。我大驚之下，大力把她推開，由於所用的力太大，我竟一把她推向屋頂。就在她要撞向天花之際，我急用靈力護著她，不讓她撞傷。但她既不撞上天花，卻又立即跌到我的懷中，還因此差點再次吻到她的嘴。可能是出於本能反應，她跌下來時竟一把擁抱著我。我再一次大吃一驚，但這次終於小心行事，我輕輕掙開她的擁抱，用靈力把她輕輕提到空中，她就此浮到空中，與我面對面相對。

　　「妳是誰？」我急問。

　　「我叫蘇菲」

　　「蘇菲妳好！但為甚麼妳會在我的房間？」

　　「你先答我，我才答你。為甚麼你剛才吻我？」

　　我大感尷尬，霎時啞口無言，「對不起，妳……妳……我……我……我……

我……不是有心的，只是妳太貼近我，我起來時收勢不及，不小心便吻了妳。但我真不是有心的，真的非常抱歉！」

看著我不停道歉，不停的冒汗，蘇菲笑了。

我看到她笑，心裏舒了一口氣，再次真誠的道歉「真的很抱歉，蘇菲小姐」

「我貼近你，是想仔細看清楚你。他們說你就是那個救我的人，而且傳媒更鋪天蓋地說，你是全宇宙最強的人，我當然要看清楚你，看看你有甚麼與別不同。好吧！你說你第一次吻我是無心的，那為何你再一次吻我？」

其實我只吻了她的嘴一次，第二次差點吻著時，我急轉過頭，只輕輕吻到她的嘴邊和面頰，但即使如此，我也沒法解釋，因無論我怎樣解釋都似強辯，我唯有再次不停的抱歉「對不起，我剛才不是有心的！我哪裏是甚麼宇宙最強的人，不要聽人亂說。妳要來看我只要待我清醒時來就可以。」我對著兇殘無比的宇宙怪獸亦全沒心怯，但對著面前這女孩，竟然束手無策。

只見蘇菲微笑，還帶點狡獪「我不怪你了，但你打算把我浮在空中到何時？」

我驚惶地用靈力把她輕輕放在地上。只見蘇菲流露驚嘆的目光。

「蘇菲，妳可告知我妳是何人？為甚麼會在我房間這裏？是誰人帶妳來？」

「你為何這麼不負責任？竟問我為何在這裏？若不是你帶我來，還有誰帶我來？」

聽到她說我不負責任，我又在冒汗，苦思我甚麼事不負責任？我和她有甚麼關係？沉思我何時有帶妳來這裏？我可不認識妳啊！立時我如墮五里霧中，無言以對。

她看著我的窘態，再笑了笑「想不到這麼快，你就忘了我。」蘇菲說著，臉上露出失望之情。

我苦思難道這少女真的是我帶來的？我仔細看這少女，年約十七、八歲，面貌清秀。這時笑容滿面，但怎樣想也不是我熟悉的面孔，突然間我靈光一閃。「妳就是那小船上的小女！」那時只是一心想救她，對她的面貌全沒加注意。這樣說來確是我把她帶來的，只是她當時一直留在診療室。之後我忙於作戰，後又受了傷，更已忘了她還在我們基地內。

「你終於記起我了！」她展現如花的笑容。

看到她的笑容，我很是高興，但轉念我又想起那在水底托著蘇菲而死去的那位女士「我很抱歉！妳那同伴已死了，她想來應是妳的家人吧！」

哪知聽後，那少女竟突然轉笑為哭，而且哭得異常淒厲。

想不到她說笑就笑，說哭就哭。我又再次不知所措，原來那女士果然是蘇菲的母親，她爸爸是漁民，她媽媽則輔助她爸爸管理魚船，也幫忙駕船。不久前她爸爸因病去世，就剩下她和媽媽相依為命。她媽媽本想賣掉漁船，在陸地上找份工作，以便照顧蘇菲。那次她本打算最後

一次出海，蘇菲以往甚少出海捕魚，那次為了幫助媽媽，就跟著媽媽出海。哪知那次出海就遇上世紀風暴，船上所有僱工都先後被巨浪刮到海中淹死了，唯獨兩母女躲在船艙中，未被巨浪刮走。及後巨浪把船擊沉，海水不斷急速湧入，就當兩人快要被水掩沒時，她母親用盡最後一口氣，把蘇菲撐到水面，結果她母親身故，蘇菲就幸存下來。

對這少女，我一直心存內疚。風武士是衝著我而來的，也是我揀選在海上作戰，而且我作戰前曾聽到微弱的呼救聲，若不是我只專注作戰，沒認真查看是否真的有人呼救，否則她兩母女或許就能存活。其實剛剛和狼人大戰也遇上不少孤雛，但我對這少女最有負擔，因為蘇菲的媽媽令我想起我的母親，所以我甚願能好好照顧蘇菲。

我唯有輕輕拍她的肩「是我忽略了妳倆的呼救聲，援救來遲，對不起！」我只盼我能做甚麼來補償。

聽罷她撲到我懷中，擁著我哭個不停。

我猶豫了一會，只好把右手輕抱著她，繼續輕拍她的肩。我並不再言語，怕我講多錯多，更惹她哭。

過了一會，我覺得這樣一直擁著她實在不妥，於是說「妳也不用哭，我會照顧妳的」我想她還年輕，我應為她找一家合適的人收養她或是為她找一個安身之所。說不定維達就能幫忙。

「你會照顧我嗎？」蘇菲問，眼裏滿是期待。

我還未及回答，就有敲門聲，跟著聽到「永照，你醒來沒有？我可進來嗎？」竟是維達的聲音。

光 與 暗 之 戰

我再次吃驚，心想若被維達看到我擁著蘇菲就真不知如何解釋了，我急推開蘇菲，但一清早就孤男寡女的獨處一室，還是不好。當我還不知如何是好時，蘇菲一抹眼淚，跟著輕聲說「我還是暫時躲一躲。」說罷就一把鑽到我床底。我看著她躲到床底，心內感到有點不妥，但我已來不及制止。

敲門聲再響「我可以進來嗎？」

我看到蘇菲已完全躲在床底，跟著就起身去開門。

「早，維達。為何這麼早找我」

「你好了點嗎？」

「已好多了，謝謝」

「我們能戰勝狼人大軍，你功不可沒，你要快點康復！」

「我只是盡力而為，算不得甚麼，大家和你也一樣盡力」我頓了一頓「你找我有事嗎？」我在想維達若是要探病，也不用大清早就單獨來到。而且蘇菲在我床底，我不想與他糾纏太耐，想直入正題。

維達稍稍遲疑「我也不轉彎抹角，我來的確是探望你，你對防衛地球來說太重要。但我來也是為了安娜！」由於保羅才剛撤了禁止探病令，並且這次牽涉私事，為了能單獨和我對話，維達唯有一大清早，悄悄來探病。

「安娜？！」

「是的。我知你們剛成為男女朋友。但你亦知我對安娜有傾慕之意，而且你之前亦明確表示安娜不是你女友，我才追求她的。所以請莫見怪，我是不會放棄追求安娜的。我來是要跟你說，只要安娜一天還沒結婚，我也不會放棄的。但請放心，我只會跟你公平競爭。為了安娜的幸福，你就當給她一個機會吧！」

我心想他的話一點也不錯，我的確說過安娜不是我女友，維達才展開追求，我反而是後來者。而且他或許說得對，他比我更能給安娜幸福。但我難得鼓起勇氣，難道已開始的關係，就要放棄嗎！無論如何我也不想放棄安娜。一刻間我不能說好，但也難以說不。

維達也知氣氛尷尬，「你還是多點休息吧！我改天再來探你！」我剛想說我對安娜是如何的認真，但此時床下卻傳來輕微的聲音，我怕蘇菲被維達發覺，希望他盡快離開，於是只輕輕點了頭，不再多言。維達說完了心底話也就輕拍我肩，跟著走了。

維達走後，我望著他的背影，一片茫然。哪知蘇菲已從床下走出來，微笑說「為何剛才你不回答？那人不是說要追求你的女友嗎？」

我不知蘇菲知道多少我和安娜的關係。但我實不知怎樣回答這問題，我真能給予安娜幸福嗎？維達不是遠比我更好嗎？如維達不放棄，我真能跟他比拼嗎？霎時我腦海一片混亂。「小女孩不要這麼多事！」這是我唯一能給的反應。

蘇菲嘟起小嘴，「我才不是小女孩！」

我還在迷茫，也沒理會蘇菲的反應。但不到一刻，我就感應到摩

光 與 暗 之 戰

比的靈力，知道他正來我處。

「妳才剛康復！不要四處亂走，回房好好休息吧！」我急向蘇菲說。

「待在房中太悶氣了！我們不是同病相憐嗎？所以我才來探你」

「妳先回去休息吧！我遲些再去探妳，不出 5 分鐘又有別人再來探我，妳又要再躲在床底嗎？」

「我可不介意，是你怕我再聽到你的秘密吧！」蘇菲狡獪的笑，我還不知如何回應，她再說「那你記得一定要來探我」說罷就一沽兒溜走。

跟著我就感應到多人的靈力，果然不出 5 分鐘，摩比就來到我房。

「看來你真好多了！」伴著他還有很多人，保羅和威美頓也在其中，摩里斯等影子聯盟眾人和光戰士伊薇特、奧祖、盧卡斯等人也一齊到來探望我，但安娜卻不在其中。咸美頓一直想來探我，只是保羅既下了禁令，他也不好違背。但保羅這兩天看我已好轉，就解除禁令，所以咸美頓和一眾人也一同前來探望我。

我剛想和咸美頓打招呼，哪知伊薇特一見到我就撲上來擁抱我，說「你終於康復了！」說罷竟然還輕吻了我嘴一下。我再次大吃一驚，雖然她只是輕輕吻了一吻，但她仍擁著我。我大感尷尬，我想推開她，但我見她眼裏有淚光，強行推開她又怕傷害了她，一時再次不知所措。

今早吃驚的事實在多，我多次不知所措。可能我以往甚少思慕男

女之情，面對生死激鬥我還能輕鬆應對，面對突如其來的感情事，我卻無所適從。眾人對她的反應也大吃一驚，一時不知說甚麼。我只得輕輕拍她的肩，說「我沒事」，後來我才知道我受傷的日子，她天天都來探望我，只是保羅禁令下，她一直只能守在門外，安娜又終日伴在我旁，所以她到了今天才見到我。

就在此時，安娜剛到，靜靜的站在門口，卻不進來。她因為要為我準備早餐，所以比眾人遲了點來。我霎時驚覺不妥，急忙推開伊薇特，再次對她說「我沒事，妳不用擔心」我雙手捉著伊薇特雙肩，為要與她保持一定距離，避免她再擁抱我，跟著就招呼安娜進來。

安娜還是沒有進來，這刻氣氛仍是十分尷尬，我放手的話又怕伊薇特再次擁抱我，繼續捉著她雙肩又似不妥。

「對啊！不用擔心他呀，我看他今天精神飽滿，我想來他必然吃得、睡得，肯定他康復得比我更好！」智旭說。他的插科打諢令氣氛立刻緩和，或許他出自無心，但我大呼好彩，心裏感激。

「你也受了傷嗎？讓我也看看」說罷，我順勢推開伊薇特，去捉著智旭的手看，把他拉近隔在我和伊薇特之間。

「是啊！」他微微揚手顯示他右上臂的繃帶給我看。原來他和同伴帶了二百八十隻翼龍去助俄軍保衛莫斯科，但在敵眾我寡下一直處於下風，直至一眾光戰士和保羅來助，才能佔回上風。及後撒加撤退，莫斯科才能保存下來。他初處下風時奮勇作戰，反而沒有受傷。及後當狼人大軍開始撤退，他反而鬆懈，以至翼龍一時失控，而被翼龍所傷。

「你那一點小傷，不提也罷！如何跟永照和鬼塚的傷相比！」多明尼克說。

「為甚麼他的就是重傷？我的就是小傷？你不知我多擔心這隻手會報廢，我才不想像鬼塚般換上機械手！」

兩人你一言我一語，俊雄、辛格和凱利也加入嬉笑智旭，場面混亂嘈雜。伊薇特本待再跟我說話，但就被眾人隔開，在眾人的嘈雜聲中也一直插不了口，一時間這病房變成了派對房間。

智旭和多明尼克還待再駁，摩里斯突說「既然安娜到了，我們也走吧！」

兩人異口同聲說「我們才剛到，這麼快就走？」

「走吧！你不是看到安娜帶了早點來嗎？永照也餓了，大家不要阻住他吃早點」摩里斯跟著向眾人打個眼色，就拉扯兩人離開，除了摩比、保羅、咸美頓和安娜，大家也跟著離開。伊薇特明顯不願意，她一直高傲，對追求她的人都看不起，但對光武士卻是一直仰慕。本來她的性格也是愛恨分明，毫不忸怩造作，早想表達她對我的好感，但大戰當前，就選擇了戰後再談。哪知大戰過後被告知我和安娜已成男女朋友。當然心有不甘，除非是給我當面拒絕，否則也不會輕易放棄。但摩里斯善於觀察，一早鑑貌辨色，知我對伊薇特沒有男女之情，我和安娜才是一對。他看我和維達之後會因安娜而糾纏不清，也樂於冷眼旁觀，看誰最後得勝。這刻遂打個眼色，她就被亞祖安和奧祖兩人合力拉走。

俊雄會意，邊行邊說「智旭走吧！我回去煮些好東西給大家吃」

「我今天不吃了，我想 Keep fit」智旭說

「Keep fit？你還是 Keep fat 吧！」多明尼克說。

智旭聽罷甚為不悅「我也有底線的！」

「你有底線又如何？開開玩笑也發惱嗎？要反臉嗎？」

智旭猶豫了一刻間「那我把底線退後一點吧！」說罷面色緩和了點，「隨你們笑吧！不知怎的，經過今天，我覺得我還有機會！」

「你是否想得太多呢？」多明尼克說，還伴隨著一眾人的嬉笑。

「你們是否想得太少呢？」智旭說。

眾人就在嬉笑聲和吵鬧聲中離開，只有安娜、摩比、保羅、咸美頓四個留下。

「為甚麼定是要拉我走？」伊薇特臨走前向我說「我明天再來探你！」

我忙說「不用擔心我，也不用再探我，過兩天我再好一點，我就會到訓練場找大家練劍」

伊薇特就在亞祖安拉扯下離開，眾人也一同離開。

我忙再次招手叫安娜過來。哪知她只過來把手中的紙袋放下，就想轉身離開。

我忙伸手拉住安娜「妳先等等，讓我和咸美頓聚聚舊」

安娜猶豫了一下，跟著和咸美頓三人打過招呼，接著就坐在一旁。

我伸手和咸美頓雙手互握，「朋友，真高興再次見到你」

「我也是，想不到只是分隔一段短時間，就已發生了這麼多事，可惜細威、成浩和偉特已和我們陰陽相隔」想來保羅已把偉特之死告訴了咸美頓。

提到偉特，我眼眶含淚，接著我倆就把分開以來的事一一細敍。

那天我們分別後，因為他們找不到我，他們一伙人就回到細威的家暫住等我回來。哪知當晚就遇上狼人突襲。那夜晚是個血色晚上，他們當然難以敵擋狼人，眾人中大多死去，咸美頓沒有死去，卻是受了重傷昏迷，只是他之後如何康復，他這刻全沒有了記憶。他亦不知為何狼人沒有殺他和偉特，又或是狼人以為他們已死掉，以至他兩人可以幸免於難。他曾多次想回憶這段失去的記憶，只是每次一想回憶，他就頭痛欲裂。只要停下不想，痛楚就會退卻。所以雖然他極欲回思這段空白的記憶，至今仍是一片空白，只有一些零碎片段。雖然這段記憶失去，但之前的記憶還在。我雖然之前易了容，但他在電視中看到我，就從各種身體語言和說話語氣，懷疑那人就是我，他知道我要去月球抵抗狼族，也就來到紐約希望尋找我。我去月球前曾先後托保羅和鬼塚代我尋找咸美頓，那時保羅雖埋首在實驗室複製恐龍。結果還是鬼塚尋到了咸美頓，把他帶到聯盟處。

跟著我也簡述我倆離別後的經歷。

「那麼偉特又是怎樣死的呢？」咸美頓禁不住問。

「我也不知道他怎樣死的？」說罷我再也忍不住流下淚來，偉特的死或與我無關，只是他死前我一點也沒有體諒他的痛楚，也沒有察覺他有問題，我實在愧對友人。

「你也不用傷心。我們之後必定能找出他的死因。可恨的就是我半點也想不起之前發生的事」

「你也不用強迫自己回憶，你終有日能回復全部記憶的，又或者正是上天眷顧你，才讓你忘掉那麼恐怖的回憶吧！」

「只是如果遇害過程和我們被襲原因有關，而我又未能記起，實在對不起已死去的同伴」

我拍拍他肩「也不急於一時，細威和偉特的仇我們終會報的，我康復後會和你一起去查，終有日會查個水落石出」

他嘆了一口氣點點頭，也問我分別後為何我會變成一個異能人。

我簡略地跟他說了我的歷程，對他我沒有事需要隱瞞，只是故事漫長曲折，我也只是選取了些重點簡略地說。

聽罷他對我的奇妙際遇嘖嘖稱奇。

在跟咸美頓互訴分別後之遭遇後，我問摩比「你估計撒加短期內會否再來侵襲地球嗎？」

「我和卡卡迪達也討論過此事，撒加短期內應不會再侵襲地球。但經此一役，你已成暗魅的眼中釘，他絕不會輕易放過你。但土武士撒加不來，電武士可能會來，十二盔甲戰士中的某幾位也可能來！」

「那我們要快點準備下一波作戰！」

「也不用心急，撒加敗走，暗魅會更謹慎，不會草率行動，我想地球短時間內應會平安無恙。我和卡卡迪達短時間內會各自回去重整新軍，準備下一輪作戰。卡卡迪不慣與這麼多地球人相處，過兩天會來探你。你要好好休息，好讓傷勢徹底康復！」

「既然你和咸美頓也相聚過了，我們也應走了。改天再來探你吧！」保羅說。之後除了安娜，一眾人也走了。咸美頓走前，向安娜瞄了一瞄，再向我打了個眼色，跟著似笑非笑的走了。

「那我也走了吧！伊薇特或會回頭再探你！」安娜說。

我忙用靈力把門關上，再急忙拉著她的手，「為甚麼這麼快就走？」

「不要阻著別人探望你吧！」安娜仍不回頭。

「我不要別人探我，我只要妳一個來探我」我一把從後抱著她。

「我哪及伊薇特，她是光戰士，和你很匹配啊！」

「她怎麼可以跟妳相比！她是光戰士，妳就是光殺士，我注定死在妳手上！」我不理她掙扎，繼續從後緊抱著她不放。

安娜聽後噗嗤一笑，但仍說「放開我，你還是抱伊薇特吧！我看你剛才抱她不知多享受」

「冤枉！我沒有抱她，是她抱我，我和她一點關係也沒有，我不知她為何抱我，妳也不知我剛才多難受。妳不要走，妳一走，我又要大

病了！」

「你騙我嗎？我看你這麼精神，我走了，你還會有甚麼大病？」

「單思病！妳一走恐怕我難以痊癒！」我本不是輕佻或口甜舌滑之人，但對著安娜，我有種從沒有過的安全與舒服感覺，竟然展現出連我也不自知的性格一面。

安娜聽後再次一笑，看來似是消了氣，「你再不放開我，我這個光殺士就真的殺了你」，我稍一放鬆，安娜就輕輕掙開我的環抱，轉過身坐在我旁。

「你終於和咸美頓重逢相見，我真為你高興」

「是的！見他安然無恙，這刻總算能放下心頭大石。我也慶幸此戰總算能保護地球」

「那你之後有甚麼打算？」

「報仇仍是我首要目標，但要報仇，仍要落在撒加身上。我也要找出偉特的死因，莫要他死得不明不白。」

「為你媽報仇也是要辦的，但你還有其他目標嗎？」

「摩比說暗魅不會罷休，我也希望保衛地球，起碼盡一分力」

安娜聽著點頭和議。其實安娜已將保衛地球視為己任，但她知我才是真正能保衛地球的人，她也怕我只顧復仇，本想多加勸告，此刻對這答案非常滿意。

「再之後……」我續說。

「再之後你還想怎樣？」

「我想找個寧靜的地方和位美女好好過日子！」

「那我還是走了吧！莫要阻礙你尋找你的美女！」安娜面色略略一沉，起身而去。

「妳可知我心目中的美女是甚麼模樣的？」我一把拉著安娜不讓她走。

「我沒興趣知道！」說罷想甩開我的手。

我忙捉緊她的手「她美麗、聰明、堅強、約 1 米 68……」

安娜還是沒停下，我唯有拉著她急著說「她金髮、藍眼睛、住在麥城、是一匪幫的首領」

安娜終於停了下來，但仍然背著我，我繼續說「她不單止美麗、還爽朗果斷、善解人意」

安娜終於轉過身來，笑著對我說「你真是光哥哥嗎？我認識的光哥哥不是這般口甜舌滑的」

「那妳以後給我煮的早點不要落糖吧！」我才剛說完，安娜就將帶來的三文治一把塞進我口中。

「吃東西時就勿亂說話」安娜再次緩緩坐下。

「受了重傷的人才會安靜吧！」

「不要亂說，你可知你受了傷，我有多麼的擔心你！如你要死，恐怕我也難活下去！」安娜說罷，就伏在我身上。

「對不起！要妳擔心了，現在已沒事了」我輕撫她的秀髮。

「那土武士撒加不單止厲害、也甚奸詐卑鄙，誘你上當」

「我當時實在太衝動了，不單止未能報仇，還差點送命！」

「你以後也不要再這麼冒險了，要報仇也不忙一時，總會有其他辦法的」

「那我以後再衝動，就罰我吃不得妳煮的美味菜餚」

「還那麼貪吃，我看你的傷已好得七七八八吧！」安娜笑說

「對，只要看到妳，我就康復了八成，如果再有熱香餅和啤酒，就更會好返九成。」

「好啦！我會煮給你吃。只是傷好前，酒就暫時不能飲」

「不打緊，其實我看著妳就已有點醉！」

聽著安娜噗嗤一笑，看著她笑靨如花，我的確心醉。

說罷安娜打開紙袋，原來三文治底下她真的已烹煮了熱香餅給我「趁熱吃吧！我也走了」

「妳留下陪我吧！」

但安娜堅持要我休息，希望我能早點康復，之後可能還要再次準備防衛地球的事。我依依不捨，安娜臨行前輕吻我，跟著就走了。昨天我還甚虛弱，安娜甚擔心我，所以想留下陪我。但今天她看到我已大好，反而可以放心回去。再加上這兩天大家望著她進出我房時的眼神都是似笑非笑般，她反而不好意思單獨留下太久。

　　這夜我睡得很甜，我懷疑這夜，我睡著時也會發笑。從前我內心只有仇恨和憤怒，或許還剩下點友情，但我的生存動力就只有復仇。我一直未能放下月的死，也念念不忘要為母報仇，也要為友人復仇，以至我一直不敢面對安娜的感情。直至在危海一役，生死頃刻之間，我不得不面對內心最深的感受。但現在不同了，我生命中還有愛，我的生命得以重新定義。

第四章

勝利

　　翌日安娜再次準備好了熱香餅,我早告訴過她,熱香餅對我的意義,所以她刻意弄得微微焦焦的。她知道我這口味來自對媽媽的思念,她無意改變我。她雖然現在已是我生命中最重要的人,但她無意取代我媽媽的地位。安娜還邀請了摩比、卡卡迪達和保羅來吃早餐。本來摩比和卡卡迪達都是原始民族,不慣城市人繁複又花巧的烹飪方法。但安娜善解人意,只為摩比準備了數條肥美的原條未經烹調的三文魚及一些野蜜,而為卡卡迪達就準備各式海產,特別是一些殼類海產,有些簡單烤過,大部份還是生吃的。兩人竟然吃得津津有味,大吃大喝起來。

　　雖然安娜的熱香餅很好吃,但我還是只吃了一點,就急於離開。

　　眾人在疑惑我要去哪裏,安娜就說「他要去探望鬼塚」安娜的確了解我。

　　保羅說「鬼塚已被送到醫院去了,我雖有少量先進的醫療器材,但做康復治療還是在醫院較好。」

　　之後保羅就用他的手錶聯通醫院再把影像投射到牆上。只見鬼塚也剛睡醒不久,精神算是不錯,只是斷骨仍未完全康復,仍然要臥床,反而全身之中剩下左手最靈活,因為他已裝上了機械手,就連左臂骨架

也是機械的。

看到他不斷展示新的機械左手如何的靈活，我內心稍感安慰。同時也對他拚死保護地球之心，及能當機立斷燒掉左手，感到由衷敬佩。

由於他還要進行康復治療，我們只進行了簡單通話就掛斷了通話。

之後，終於輪到馬菲斯、費多羅夫斯基、李宏基三位上將、還有歐盟指揮官洛里斯一同來探望我。其實在擊潰狼人大軍一役，很多影子聯盟的人都大露風頭。維達思前想後，已很難把組織所有人掩蓋。所以悄悄把一部份沒露臉的同伴撤走，然後索性就把一眾頭目及自己的身份公開。全球首富竟是影子聯盟的首領，當然惹得公眾嘩然。各國雖對聯盟有所顧忌，但聯盟此戰甚有戰功，礙於民意，也只得對聯盟客客氣氣。其實影子聯盟眾人控制恐龍大戰狼人大軍，早已惹得傳媒蜂擁採訪。這時更爭相採訪維達。當然傳媒也希望能採訪我、摩比和卡卡迪達，只是由於我身受重傷，他們就謝絕一切對我的採訪，而摩比和卡卡迪達也一致拒絕訪問。

這時三名上將們再一次為了在月球之戰時曾計劃過犧牲我和摩比一事，向我們道歉，我已沒有怪責他們。事實最後還是我用靈力召喚馬菲斯作出攻擊的，但安娜還是惱怒他們，當然他們不會理會安娜的感受、更不會向一個少女道歉的，他們只會尊重有強大能力的人。他們也向摩比和卡卡迪達道謝，說是代表全人類感謝他們仗義相助。他們也帶來了禮物給我，就是西門費特作為地球的賣國賊，已被全球通緝。雖然他仍然在逃，但他被全球通緝也令我稍感安慰。三位上將說只待我完全康復，

就會進行大規模的勝利巡遊來慶祝一番。而巡遊之後，大家會再次開會協商將來的防務。大家再談了一會，他們就走了，說不要攪擾我休息。

四位將軍走後，卡卡迪達就說「事情還沒有完結！我們這次只是小勝。撒加不會認輸」

「暗魅就更不會！」摩比續說。

「現在你的傷已差不多全好，我也不用再待在地球，我會回去好好準備，撒加重整旗鼓，必定會捲土重來。這次蛇族和蝠族也許亦會加入，又或者十二盔甲戰士也會一同來到」卡卡迪達說。

「你要小心蛇族的電武士沙亞，他的第七感雖略有不及撒加，但他也絕不易應付！」他續說。「但唯有打敗蛇族和蝠族，我們才能挑戰暗魅」

「我連撒加也不能打敗，如何能挑戰暗魅？」

「不！你雖然被撒加打敗，但只是敗於他的激將法計謀，我看你的第七感已能跟我和他並駕齊驅，在不久將來肯定會超越我和他。摩比沒有騙我，宇宙中你是唯一可能打敗暗魅的希望！」卡卡迪達說。

「如你在月球核爆前同時提起二千多人，同時控制二千多件物事，我也未必能做到。你的第七感已隱隱超越我。只是火武士你絕不可小覷。另外若是你和十二盔甲戰士單打獨鬥，他們誰也打不過你，但他們很多時都不會單獨行事，就如四金甲戰士就經常一起行動。如果兩位聯手，你或許還有勝望，如果三位或四位聯手，你就難有勝算」摩比說。

我的第七感竟已可和卡卡迪達媲美？我對卡卡迪達和摩比這樣說還是深感懷疑，但卡卡迪達已道別，走前說會與摩比緊密聯絡，他必需要先安頓他的族人以防撒加報復，在他整頓他族中之戰士及安頓其餘族人後，就會再臨。

他走後兩天，我已痊癒，摩比跟著也走了，他說他討厭在地球上要出席大大小小的宴會。熊族人和龍族人都不願在地球久留，因為他們都是以獸獵為生的族群，不善交際。他們的生活慣於簡樸，不大適應城市生活，當然部份他們的族人對地球的新穎的科技很感興趣，但同時對地球的諸多禮儀不甚習慣，更怕被人由早到晚的拉著合照。而且摩比必須帶死去的戰士回家鄉安葬。我說要如何聯絡他，因他的星球離地球太遠，我的靈力無法觸及，摩比說保羅會有方法聯絡他。

跟著我和安娜就去了醫院探望過鬼塚，哪知到了醫院，原來已有人正在探望他，但我們在他病房門口就隱約聽到爭吵聲，鬼塚住的是單人房(費用當然由維達支付)，為了避免尷尬，我們就站在門外，沒有進去。只看到那探病的人是個滿頭白髮、身材中等的男性，衣著簡潔，由於背著我們，也不知道他是誰。跟著就聽到他說「你好好休息，我過兩天再來探你。」

哪知鬼塚竟然冷冷的說「你也不用再來，我也不會再見你！」

我和安娜有點不知所措，唯有站在原地不動。

那男人知道自己不受歡迎，但也沒有惱怒，只淡淡然的說「你不用惱怒，會影響健康的，我走就是，你要早點康復！」說罷轉過身就走。

就在他離開房間之際，我和那人打了個照面，我突然覺得這人似曾相識，但又想不出他是何人，既然他和鬼塚不和，我亦不好意思問他。

我和安娜就進了房間探望鬼塚。看到他的康復穩定地進展，相信再過兩至三星期就能回家休養。

「為甚麼這麼遲才來？我在這裏悶到發慌！」其實他從別人口中早知道我受了傷，也是剛剛才康復。但他確實悶透，所以他這話也是由衷而出。

「那我播點音樂給你聽吧！」我說。安娜同時就拿出探測器在鬼塚的病房四周偵察，探測器在他床下就不停閃動，果然鬼塚的床下被裝了偷聽器。

在音樂的掩護下，我拿出了平板，打上字句來溝通，我寫上「這陣子禾特一定會監控我們，所以維達已提出了反監控禾特和各國，而摩里斯就提出暫時由他帶領行動，等待你回來後再主持大局。」

鬼塚一看到就摩拳擦掌「在這裏真的悶透，雖然保羅給我帶來了電腦，但我還是想盡快回到聯盟。」

由於被偷聽，跟著我們就閒話家常了一會，我們就走了。

離開病房後，安娜突說「估不到鬼塚竟然認識南部陽介！」

我霎時靈光一閃，原來剛才那白髮男性就是鼎鼎大名的物理學家南部陽介，他是現今世界的頂級科學家，我曾多次在電視見過他，所以有點眼熟，只是剛才一時想不起。我見安娜也好奇他和鬼塚的關係，我

就說下次問問鬼塚，但安娜說這是別人的私事，還是不宜多問。

地球很快又回復平靜，死者已埋葬，損毀的城市再開始重建。受了傷的地球正在康復中。

當我們還待商討如何防備撒加的反擊，哪知各國元首都已到紐約，準備參加勝利大巡遊。本來此戰地球上死傷了不少人，不是所有人都有心情慶祝，不過這是地球第一次勝出星際戰爭，各國領袖都急於領功，特別有些大選臨近的領袖，就更急於借此提升民望，訴說自己如何在戰役中如何出了力，如何的幫助了地球防衛軍。這樣的功績會在該國的大選有很大的效用。就是某些元首不需面對大選，這樣的功績也能鞏固自己的執政地位或轉移國民的視線，能有效掩蓋施政的失誤，所以各國的元首都爭相參與這次勝利巡遊，紐約的巡遊只是首站，之後還會在不同國家舉行的巡遊，就連沒有受襲的城市都有類似的勝利巡遊。而且各國元首亦爭相邀請維達、咸美頓、保羅和我等到他們的國家訪問，著實俊雄在上海、鬼塚在東京、多明尼克在巴黎、智旭在莫斯科等都出了大力，各國都說要我們也出席他們國家的勝利巡遊。我們都是戰爭英雄，自然有助他們吸票或吸睛。

雖然此戰我的確出力甚多，但其實我是撒加手下敗將，能打敗撒加，全仗卡卡迪達之助。而月亮之戰，我雖佔首功。但對一般人來說，月球在遠、地球在近，還是地球之戰更深刻入目。所以維達的風頭更是勝於我。所以除了因為現居紐約，難以推拒參與巡遊，其他的我都一概推辭。可惜的就是卡卡迪達和摩比已走，我成了他們唯一可以籠絡巴結的異能人。

巡遊中我和影子聯盟眾人都坐在開篷巴士上，穿梭鬧市，接受眾人的歡呼，除了我們的巴士外，我還見到不同吹了氣的大型恐龍花車。我突想起一事就問保羅「那些被狼人所咬的人但又沒死去的人，現在怎樣？不會全被殺掉吧！另你複製了那麼多恐龍，牠們現在怎樣？總不可由牠們在城市中自由來往吧！牠們又有沒有因為被狼人所咬而變成狼人？」

　　保羅就告訴我，在某些國家中那些被咬的人已被盡殺，但有些國家還是把這些被咬的人關起來，一方面看看能否幫助醫治他們，另方面若他們變成狼人，他們就會變成研究對象。我想他們之所以能存活下來，能研究他們才是最重要的原因，總之不同國家就有不同的做法。社會上亦有不同的聲音，有些人認為應殺盡那些人，亦有些認為應關禁他們，留待醫學演進，或許他們未來能回轉變回人類。他們的命運仍待各國的議會和聯合國開會再作決定。

　　至於那些恐龍，牠們本來就較少受狼人的體液影響，而且體積越大就影響越少，所以狼咬對暴龍等起不了甚麼影響。而對速龍和翼龍，被狼人唾液的影響也遠較人類為低，但最終影響到甚麼程度亦未可知。牠們在複製過程中，保羅利用科技大大加速了牠們的生長，否則牠們也不可能在短時間內變成龐然巨物，令狼人大軍也難以招架。亦正因為大大加速了成長，所以在戰後個多星期就已有部份恐龍因老化而死。至於還未老死的，當中有些在戰鬥中傷重的或被狼人咬傷的亦已經被人道毀滅。保羅亦確保恐龍屍體已被銷毀，不能留作研究。剩下生還的，保羅在牠們腦內植有的晶片，能控制牠們進入休眠狀態。保羅為免被各國把牠們偷去作為戰爭武器，已託摩比把全部休眠的恐龍冰封在南極洲中，

光 與 暗 之 戰

並在四周設立了監察衛星讓聯合國監察情況。各國在互相監察制衡下，那些恐龍暫時都能安全保存。

在車上我不斷聽到群眾的歡呼聲。起初，我對這些各式各樣的讚美、甚至是阿諛奉承感到討厭，但這時聽到群眾的歡呼聲，又覺得有些飄飄然之感。特別是我在月球參戰時，我已沒再刻意戴假面具易容，想不到很多戰況還是被衛星鏡頭拍下來，在地球廣播。所以不少人只要在網上搜尋我的資訊，就發現了我竟是個通緝犯，父親更是個殺人犯。這些往事我起先不想讓別人知道，特別是以往被排擠及欺凌的慘痛經驗。只是事已張揚，無從掩蓋，我亦唯有勇於面對，靜待另一次被世間公審，只是我不想連累安娜，欲叫她遠離我。安娜知道我的身世後，起初也略感到訝異，其實我們相知時日甚短，大家對彼此的事也不可能全都知曉，我內心甚恐懼安娜會因此離我而去。但她對我不離不棄，反而溫言安慰我「這都不是你的錯！即使你爸爸犯了大罪，但都是出於愛你。你不用介懷，也不用理會別人目光，就是全世界都與你為敵，我仍在你背後與你同行」聽罷我不禁想起媽媽，擁著安娜淌淚。

但來到勝利巡遊這刻，世間的反應竟然大出我所料，我的離奇身世，為一個英雄故事添上了傳奇色彩，這令人津津樂道，之前對我的種種指責，不是被美化，就是被淡化。再加上我是地球上力量最強的異能人，更被傳媒大大炒作。於是所有傳媒報導都是說我的傳奇故事，我的身世，歷程都被鋪天蓋地的報導。我這刻就成了全球人類茶餘飯後的話題。所有光戰士和影子聯盟曾指揮恐龍作戰的都被傳媒報導，但當中又以指揮大群速龍的維達(又同是高富帥)、指揮暴龍的咸美頓和我，又或是美女光戰士伊薇特這幾人最廣受民眾歡迎。

當然傳媒也不會放過咸美頓，咸美頓也被翻舊帳，知悉他就是殺人嫌疑犯後，各國就因他的戰功而特赦了他。由於他是特赦犯人身份，再加上他表現低調，所以他的風頭就遠不及維達、我和伊薇特。

所有關於我和維達兩人的新聞都大賣，令我們兩人在全球都人氣鼎盛(本來維達就已人氣高企)，不少商家都希望為我們製作特式商品。雖然論人氣，我還是不如維達，但我的傳奇故事，特別是在一般人眼中的我由反派變正派，更是所有傳媒都樂於報導追訪的。反而戰役大功臣保羅則一直保持極低調，亦不接受任何傳媒訪問，所以自始至終我和維達一直都是眾傳媒的焦點。

更離奇的就是我的遭遇和所作所為，自經傳媒報導後，竟全都有新的演繹。傳媒雖然沒美化我爸爸所做的惡行，但這刻就強調父親的過錯不應由子女承擔，而可能因為我是戰爭英雄，傳媒為了討好大眾，亦可能基於商業考慮，大大的對我誇耀。而政府亦可能想招攬我，也為我塗脂抹粉，粉飾我過往的過錯。首先是警方解說我之所以被通緝，全是出於警方的誤會，是警方誤將閉路電視中的某人當作是我(那真的是我呀！)，不單止撤消了我的通緝令，還向我道歉，說抱歉未能找到殺我媽媽的真兇。電視台紛紛製作我的特輯，又訪問認識我的人，更好笑的是我看到肥波和查理的訪問。查理說他很榮幸當年負責調查我母親的案件，只可惜當年未能破案，又於電視當眾向我道歉，又說我是一個如何孝順的人。而肥波則說他媽媽受過我家的恩惠，我和他在學校友好，就連一碟飯也一起吃云云(他的面頰確實嘗過我吃過我擲過去的一碟飯)。又訪問我學校的校長，他只能尷尬的說我在校非常活躍，身手非常的好，很有體育天分云云。連我被趕出校的事都隱瞞不說，仿佛我在校是個高

材生似的。當然我作為匪幫首領一事，沒有人知道。我想就是有人知道，傳媒也會給我美化吧！

這些訪問令我哭笑不得，我既高興，亦復哀傷。我真的感到高興，因為我的名聲大振，連我爸爸的惡名也得以掩蓋。我終於可以堂堂正正的以光永照的名義生活。而我哀傷的是縱使我已吐氣揚眉，我還是連誰是殺我媽媽的兇手也未知道。

在我高興與哀傷的同時，在宇宙的另一方，狼人大軍撤退後部隊全數回到自己的星球，以重整旗鼓。但土武士撒加和狼人軍隊的五個將領就直接去了暗星 --- 就是暗魅的居處，要為戰事失利向暗魅交代。

這顆暗星，本是一顆暗淡無光的行星，卻在它的南極處有一個大洞，會每天晚上從洞內噴射極強的光芒，據說這是出於地心的活動。周而復始，從不間斷，每當它噴射出強光時，這顆暗星就像一顆糖果插在一支棒上，看來甚是可愛，全不像殺氣騰騰的暗魅所住的地方。

從太空戰艦坐著登陸船登陸暗星時，一眾人看著噴出萬丈光芒的暗星，巴多些利(撒加的第一副將)突然問南錫(狼軍五位將領中排在第三位)「除了撒加大人，大家見過暗魅大人沒有？」

「沒有，我連皇宮也是第一次到。」話畢登陸船已降落在皇宮附近的機坪，大家繼續走向皇宮。

「那你也未見過幽靈使者和兩位修羅使者吧！」

「未見過！只知他們三位是暗魅大人的左右手，不知究竟是甚麼模樣？」

「幽靈使者是皇宮內少數的地球人，他武藝超凡，據聞直可比擬撒加大人，另外兩位修羅使者一男一女，卻是謀士，十二盔甲戰士只是侍衛，但這兩位使者卻是極屬害的謀士，所以可說是暗魅大人的左右手。兩位中男的極嚴屬、極暴躁，辦甚麼事都雷厲風行，女的容易應付得多，而且客客氣氣，只是她一旦發怒，手段會甚陰險毒辣！他們會分開為暗魅大人辦事，從不同時出現，今次我們能見到哪一位就要賭賭大家的運氣？」

巴多些利續說「還有一點，傳聞數位使者都曾面部受損，所以都各自戴著面具，那位幽靈使者和男修羅使者都戴一整個面具，從看不到他倆的面貌，但那女修羅使者則較特別，她戴的面具只遮左邊半邊面，大家都只能看到她的半邊面，卻也容貌秀麗。」

「那暗魅大人又是甚麼模樣？」

撒格斯(第四將領)加入道「暗魅大人也同樣戴著面具，但他戴的是一個極普通的面具，一點也不威猛。幽靈使者和男修羅使者起碼戴的是惡魔面具，但暗魅大人的面具威勢還有不所及。其實也不知為甚麼這皇宮內的主人和統領四人全都不以真面目見人！真的神秘得緊！難道他們個個都醜陋不堪？又或是這皇宮中人都像地球人般喜歡面具派對。」

巴多些利立時壓低了聲音「不要亂開玩笑，不過暗魅大人就像人如其名，像是一隻幽靈，或許他戴面具是要遮掩他醜陋的面容，因他穿著長袍，他走路時連腳也不看到，只會見他飄來飄去。而且他穿得甚為樸素，長袍只是一件大斗篷，把頭臉也都全遮蓋了。只能隱約望到他一雙藍色的眼珠，所以從沒有人見過大人的真面目。」

光 與 暗 之 戰

撒格斯立時說「只是曾有人見過暗魅大人雙眼是紅色的,也有說他雙眼是暗綠色的,而且他雙手充滿皺紋,左手常常緊握,從沒有人見他張開過。從手上皺紋來看年紀應是極大,但亦有人說大人肌膚光滑是一位年青人。總之不同人就有不同的說法。」

　　「殊!不要再說,大家在暗魅大人面前要肅靜!」原來不經不覺,大家已到了皇宮大殿。

　　來到大殿,只見一人站在寶座旁。眾人一看是個女的,應就是修羅使者,大家不禁鬆一口氣。那女修羅使者戴的半邊面具完全遮掩她的左臉,這張面具是頗華麗的,使她看來一點殺氣也沒有。修羅使者說「暗魅大人在休息,大家要在此稍等」說罷就退到內堂。

　　這刻六人戰戰兢兢的站在大堂前,就連大氣也不敢喘一下,等候暗魅來臨和處分發落。就這樣靜站等了半天,暗魅終於來到,坐在他那用人、獸骸骨堆砌的寶座上。這個暗魅身軀並不魁梧,竟只是披上一件普通斗篷,斗篷蓋著頭,因戴著面具就連面貌也無法看見,在斗篷內面具之下時滲出點點藍光,也不見他雙足著地而走,他就是似飄浮多於走路,果然他就如其名如同鬼魅,而他的衣飾與這豪華絢麗的皇宮一點也不匹配。

　　「對不起,我們未能把光武士活捉回來,請帝君賜罪」撒加帶點驚惶說。其他五位將領都已跪下,狼族之人絕少向人下跪。

　　「罪當然有,只是你們等了半天,也必餓了,我們先吃過,再賜罪!」

跟著一眾下侍就擺設筵席，桌上堆滿了一盤又一盤的肉，暗魅就讓六人吃喝，只是暗魅沒有一同吃喝，只靜靜的看著眾人吃喝。其實六人起初摸不清暗魅的旨意，也不敢大吃大喝，但見暗魅態度溫和，而且大家等了大半天，亦確實餓了。於是就慢慢的吃。

「不餓嗎？為甚麼吃得這麼少？這麼慢？」暗魅問眾人。

「餓！」眾人聽後就快吃起來。桌上放的不是大家慣常吃的生肉，而是熟肉，但大家著實餓了，就越吃越快，一刻間差不多把所有食物全吃掉。

「味道好嗎？」暗魅問。

「好！非常好！」眾人不敢亂說，只得高聲讚好。

「那就好了！既然你們太太的肉好吃，那麼將來你們兒子的肉也必好吃！」

眾狼人聽著大驚大怒，他們當中有些怒吼、有些嘶叫、有些哀嚎，唯獨一隻坐著淌淚，只是就算如何憤怒，誰也不敢向暗魅發難。

修羅使者說「你這班奴才還不知感恩，大人一開始就赦免了你們死罪。你們不知我費了多少唇舌才勸服大人這一餐只烹煮你們的夫人」

這時暗魅輕搖右手，他身旁的修羅使者就突然揮動激光劍一把將淌淚的狼人斬首，這狼人頓時身首異處。由於狼人就算身首異處，還不會立時就死。修羅使者再一劍劈開他的身軀，然後一手把他的心臟抓出來，再在眾人面前慢慢握碎。眾人都大驚，不敢再作任何反應，就連哀

鳴也不敢作，只是靜靜等候發落。暗魅絕不容忍軟弱，若有人反抗他，暗魅當然不會輕易放過那人，但他喜歡強者，更喜歡征服強者，他或會折磨反抗他的人直至他屈服為止，卻不一定就會殺他。但他絕不會容忍弱者，在他面前流淚的多沒有好下場。

「索羅」暗魅召喚其中一隻站在遠處的狼人，這狼人應軍階較低，不是將領級，所以只能一直站在遠處的角落。只見一隻面頰上留有兩條長長的疤痕的狼人走前，斜長的疤痕橫跨他的左眼，疤痕令他的面容更猙獰，這狼是隻灰狼，外型極剽悍兇猛。

「索羅聽命！」那狼人踏前後半膝跪下說。

「索羅你兩次到地球執行任務，對地球熟悉。你負責帶領四位金甲戰士去地球一趟，把光武士活捉回來。如你能成功完成任務，那人的將軍位置就由你補上」暗魅指指那身首異處的南錫。

「索羅領命！」那狼人跟著退後兩步。只見四位穿著金光閃閃盔甲的金甲戰士獅、犀、鱷和鯊武士也去和他站在一起，跟著一起鞠身退去。這四位武士就像是我們在地球見過的獅子、白犀牛、鱷魚和鯊魚，只不過他們都身軀龐大，比人類體型還要更大，而且都會走路。鱷魚武士和我們一般看到的鱷魚略有不同，因為他也是身軀直立的，他後腿雖短，但要比我們常見的稍長，而且強而有力，兩足再加上尾巴就足以支撐龐大身軀，而他的頭是前傾的。四位金甲戰士都是暗魅的近身侍衛，如非重要任務，一般都不會出動遠征的。

撒加和眾狼人將領還是惴惴不安。

「撒加！你回到你的星球重整軍隊，短時間內你要再帶兵一次。你們的兒子我會好好的養著，如你們打勝歸來，自然會有別的佳餚供你們品嚐，否則他們下場如何，你也必知道！」跟著揚揚手「你們先回去，我會傳訊你們何時出征」

回到遠方的地球，這刻我和安娜一同出席勝利大巡遊，我們坐在開篷的雙層巴士上，而我們前後都有多輛花車一併巡遊，我們沿途經過多條大街，只見很多民眾夾道歡呼，民眾暫時放下傷痛，都沉醉在這刻的歡樂中。在苦難中，人民需要希望，希望會令他們暫時忘記悲傷，他們亦需要有一位英雄給他們仰望，而我和維達就是傳媒所力捧出來的英雄。一場戰事的勝利要犧牲很多人，但這些無名英雄很快就被人淡忘，反而對我和維達大力褒揚。

我曾多次於不同場合說到這次勝利的最大功臣是卡卡迪達和摩比，是卡卡迪達擊退撒加，是摩比在太空中大大阻截了狼人大軍的戰艦，最終令他們不得不退，但傳媒還是把主要戰功歸在我和維達兩人身上，我想這是因為維達的超凡魅力，及我們的地球人身份及我的傳奇身世更有市場，更易為民眾受落，更有商業價值。反正摩比和卡卡迪達也不太和傳媒合作。大家還是趁我倆人氣高企時，盡量爭取多點收視或商業紅利。

當天群眾的熱情著實嚇了我一跳，只見四處都人山人海，大眾都對我報以掌聲及喝采，還有不少舉起不同的戰勝紀念品示意，當中有些還印有我或維達的肖像(當然是未經我們授權的)。在我做心臟手術前的人生是孤獨的，自手術後的人生是被排擠和被欺凌的，這數年的盜賊生涯也不見得光彩。我一生中從沒試過受到這樣的歡迎，而且更重要的是，

就算我不看重自己的名聲，我也真心希望我的成就能掩蓋爸爸的罪行，也為媽媽所受的冤屈平反。

巡遊晚上還有國宴及煙花匯演，我不是國家元首，但卻受到元首級的禮待，當然國宴肯定有多國的元首參與。中、美、俄的元首在戰爭中都出過大力，當然坐在主家席上，而我和維達當然被邀到主家席桌上，而其他各國都爭相要設法改動自己坐席的位置，要坐上來和我同桌，就是不可以坐到主家席或附近，也要爭相拉著我和我合照然後立刻貼上社交平台，他們並熱烈邀請我到他們的國家訪問。本來主席桌當然沒有預留位置給安娜，我本想堅持擠一個位置給她，只是安娜也不熱衷坐在主席桌，她情願和保鑣和影子聯盟的人坐到別席，我唯有作罷。而維達身為全球首富，也是戰爭英雄，他更是被邀坐在首席中的正中央。

國宴後還有祝捷酒會，這次是主要由多國商人參與出席。酒會中各國商人不停的圍在維達身邊團團轉，想要和他合作。亦有不少人打我的主意，想接洽我，要出售以我為商標的各式精品。我實難以想像，在街的大小商店都擺賣以我樣貌為商標的精品。

我面對各國政客和商人的請求，我一一婉拒，但我內心亦漸漸動搖，會不會這是我轉型人生的機會，不需要再做一個黑幫小目，而以人民英雄的身份活下去呢？

但面對源源不絕的商業要求，或是要求我作某國的防衛顧問、或是要我作某商品的代言人，這些無窮的要求令我開始不勝煩惱，急欲擺脫這些場面，但一走了之又像沒禮貌，我難得洗脫父親污名，我不願在眾人心目中再留下壞印像，所以勉強自己招呼眾人。我靈機一動，轉個

話題，把我在 TY571 和 KP84C 中所見到的奇聞逸事拿出來一一侃談，果然成功把大眾的目光轉移。

侃侃而談了近半小時，大家都非常雀躍。我也在眾人面前大力推崇摩比和卡卡迪達，並最後把話題轉到影子聯盟和維達身上，我就在大眾都興高采烈和把目光注視到維達之時，我就借機逃跑。哪知剛逃出了宴席，美國的代表就急追上來問我：「KP84C 上的滄龍非常有趣，應有很高的科研價值，不知你可否代我們借來看看！」

我感到萬分錯愕，還未及答覆，俄羅斯的代表就迎過來，也不介意美國的代表還在，問「那在瀑布中的是甚麼猛獸？真的很厲害嗎？」

我不知怎樣作答，內心只覺不妥，知道不能再在這話題上多說，就胡亂找個藉口逃開。跟著輪到中國的代表出場「請問龍族的聖水可會賣嗎？甚麼價錢也可以相談的」

我給眾人團團的圍著，正在感到氣也喘不過來，只遠遠見到安娜在花園靜靜的看花，我急說要去洗手間，立時就擺脫眾人，快步走去洗手間，之後我再繞道走去花園。

我突然從後一把摟著安娜的腰，安娜起初有點吃驚，但立刻就知道是我，我倆就享受只屬我們兩人的安靜一刻。

「妳不喜歡這種宴會吧！」我說

「嗯！這些人都很虛偽，並且都唯利是圖」她頓一頓「不過看到你這麼受歡迎，我也著實為你高興！」

光 與 暗 之 戰

「我也不喜歡這種應酬，但我真希望能修補爸爸的名聲，所以不能逃避」剛剛還有一個商人說要推出印有我和媽媽合照的商品，我對以我為商標的精品一點都不感到興趣，但能褒揚我媽媽的商品，我真的很感興趣，我希望能為媽媽做點事。

　　「我明白，但我看過太多醜陋的人性，只要遇上金錢、權力、美色，人就會敗壞，我不希望你沾染在其中。」

　　「我會小心的，但我真想藉這機會修補爸爸的名聲」

　　「我也真盼你爸爸的名聲得以修補，但……」

　　「我明白妳的憂慮，但我也只是盡力修補妳老爺的名聲吧！」

　　「啐！我是你誰人！你當我嫁了你麼？」即使燈光暗淡，我仍然感覺她臉頰微紅。

　　「你不嫁我麼？」

　　「為何我要嫁你！」跟著她掙脫我的手。

　　就在此時維達進到花園來，向我們招手，跟著向我說「可否借安娜一用？」轉頭向安娜說「我想跟妳商討妳的計劃！」

　　安娜問「現在這刻？」

　　「是的！這刻有很多各國的元首和商人在此，最適宜商討妳的計劃。我想為妳拉攏商家作為贊助。」

　　原來安娜一直想改變世界，曾向身為首富的維達討論過如何幫助

窮人，雖然她建議的只是很初階的想法，但這刻有各政經要人都在場，確是要討論這種計劃的最佳場合。由於這計劃之始由安娜提出，所以她不能推卻，便跟維達離開，安娜也有叫我一起去，只是我才剛由喘不過氣的場合走出來，不想又立刻自投羅網。雖然之前和現在討論的議題不同，但對著同一班人，我就是提不起勁來。

「妳去吧！只是要早點回來。」望著安娜和維達離去，我內心感到甚是失落。

哪知安娜一走，就有數個穿得頗性感、漂亮的妙齡女郎走近，她們走到我的身旁，與我非常的親近。她們在我面前搔首弄姿、意態嬌媚，我感覺有點不自然。有一名來自美國或歐洲的美女走近我，在我耳邊媚媚的說「你想要我嗎？」

對這個直接要求，我嚇了一跳。這是個很大的誘惑，她美麗、性感、嬌媚，而我不是聖人，我只是一個血氣方剛的年青人。但我還是立即拒絕了，我不可能背叛安娜。

推卻了她們之後，我亦快步走開，免自己再陷這誘惑之地。但剛走開，又有一個東歐美女還是快步跟上來，一把將我拉住。我輕輕摔開她的手，問「小姐，我能為妳做甚麼？」

她對我說，有重要的事要跟我說，要我跟她去一處地方，我當然再次拒絕了。哪知她突然說「你不想知道西門費特的消息嗎？」

光 與 暗 之 戰

第五章
陷阱

聽後我感到驚訝，我雖然覺得有陰謀，但我不能放過找到西門費特的機會。於是我跟她走過一條長廊，再走上一條樓梯去到另一層，再轉了幾個彎，走到一間房中，內裏空無一人。我們進去後，她鎖上了門，房中佈置華麗，中間放了一張大床，明顯是一間睡房，但我看不到西門費特在其中。她叫我坐在一張椅子中稍等，然後自己進了另一間房去，不一會她從那房走了出來迎向我，但這刻她竟是全裸！

我轉側了頭，問「妳想怎樣？費特究竟在哪裏？」

她走近我，竟然坐到我的大腿上，嬌媚地說「只要你跟我上床，之後我就會告訴你西門費特的下落。」

這是個難以拒絕的提議，她非常美麗妖艷，是個令所有男性都會動心的尤物，我也非常希望知道西門費特的下落。我怎能推卻呢？這刻我的心跳得超快，在我理智和情慾掙扎的一刻，她已吻上來了，跟著還拉我的手去她胸前。看到她那雪白豐滿的胸部，我立時情慾爆發，腦海一片混亂。本能的情慾令我和她熱吻在一起，就在她解開我襯衣的一刻，我配戴著的十字架從衣領掉了出來，這是安娜送我的十字架。我深深吸一口氣，用我僅餘的理智一把推開她。最終我還是拒絕了她。若果這事發生在三個月前，我想我實難以推卻。但自我重遇安娜之後，跟著墮入

愛河中，我已經不再是從前的我。我不想背叛安娜，我不容許自己因一刻的衝動犯下令自己後悔一世的錯，我曾對媽媽犯下令我一生後悔的錯誤，我不容許我再犯同類的錯，我絕不會犯令安娜離開我的錯。

我推開了她，走向房門，開門前問「可以告訴我費特的下落嗎？我會很感激妳的！若要我報答妳，只要力之所及，又不違法的，我都可盡力而行。」

「我已開出了條件，如你不接受，你會後悔的！」

我開門走了，再掩上門，然後直走回花園，我怕我再多留一會，會受不住誘惑，在那裏深深吸了口氣，再在水池不停潑水冷卻我的欲望，並深呼吸平復我激動的身心。

這刻安娜走過來「你去了哪裏？我四處也找不著你？」

「走吧！妳說得對，這是令人迷失的地方，再久留一點，我也不知自己會變成怎樣？」

「那你不再商討你媽媽的肖像商品了嗎？」

「來日再算！這裏的氣氛很有壓迫感，我們還是走吧。」

安娜非常樂意與我一同離開，我本想先跟維達打過招呼才離去，但見他給人團團圍著，只要走近他，恐怕就難悄悄離去。於是我倆就安靜的離去。

剛才我所遇到的那班妖艷的美女，其實當中不少是不同國家的特工。她們的任務非常簡單，以性來誘惑我，如果能把我吸引著，能承諾

幫忙某一國，那一國就多了一件超級武器。即使性不能把我綁著，如能令她們從我處懷孕，那也可能複製另一件超級武器。就算未能懷孕，我若留下精液，他們也或可進行人工受孕，或起碼有助他們研究我的 DNA。這些美女都是精挑細選出來執行這任務的，雖然說是任務，但她們很多都是出於自願，甚至是主動參與的。現實中當某些人能舉世成名後，總有不少人願意投懷送抱，而能懷著超級英雄的後代或甚至是懷著另一位超級英雄，更是很多人都夢寐以求的。所以這任務她們都非常樂意執行，願意盡出渾身解數來達成任務。這樣的計謀，若不是有安娜的出現，其實絕無敗算。但安娜的出現就打破了他們的如意算盤。

我和安娜離開後，我們倆在河邊散步，我問安娜「妳說媽媽會否已原諒我了？」

「我相信你媽媽在天之靈，看到你現在的成就，也應感到安慰了。你也不用介懷過往對她做錯的事。她必定已原諒了你，而你常遺憾說聽不到她臨終之言，我可以肯定還是叫你好好活下去之類的話，當中又肯定少不了『我愛你』那三個字。」

「我聽不到是哪三個字？」

「我肯定有我愛你那三個字。」

「我還是聽不到！究竟哪三個字？」

「我愛⋯⋯不跟你說了，你就愛欺負我。」說著安娜摔開我的手，轉身走了開去。

我忙追上去，「不要拋下我，我向妳賠不是。我也跟妳說我愛妳，

那就打個平吧！」

安娜哼了一聲「說話也沒一點真心。」

「我真的愛妳！」我從後擁著她說。

安娜輕輕掙脫我繼續走，但臉露甜美的笑容，腳步亦已緩了下來。我倆就並肩慢步。

我突然問安娜「為何妳那麼喜歡我？」

安娜滿面通紅「真不知醜，誰喜歡你！」

「那為何妳從麥城來千方百計尋找我？」

「我來找你是要討債的。因你不守承諾！」

「我不守甚麼承諾？！」

「你不是說過會保護照顧我嗎？你從沒說過時限，那就當然是一生有效的，為何你說過後又沒遵守呢？」

「我說過這樣的話嗎？」

「當然說過，你莫要抵賴。」

「我真的記不起了，不過我現在可以向妳承諾……」

「承諾甚麼？」安娜一向硬朗爽直，但此刻低下頭細語，若不是我們相近，也聽不清她的說話。

「我承諾一生給妳保護照顧！」我笑著說。其實這是幸福的微笑，

但別人看來就有點不認真。

安娜輕輕的搥打我胸「沒一刻正經，怪不得這多年也沒有女友！」

「我有女友啊！」我拉著她的手「妳就是我的女友啊！」

安娜聽後本想捧開我的手，但我緊緊拉著，不讓她走。反一把將她拉到我的懷中。「我不會放開妳，也不會再離開妳！」

我們就相擁在河邊默默的吹著海風，兩人心中都如沐春風。兩人就相依在河泮，夜裏帶點清涼，我就抱得安娜更緊。兩人靜靜的度過這一夜，這夜是屬於我們的，遠離眾人的擠擁和煩囂，靜靜的過著二人世界。

當我們還在沉醉在幸福中，哪知在我們不遠處有一雙陰森兇猛的目光在靜看我們。

翌日，我就找保羅商討。安娜也與我同行，自紐約一戰之後，我們就形影不離。我找保羅是要商討下一步要如何做，當然防衛地球這等大事，我也叫上維達和聯盟中眾人，就連鬼塚也會視像參與。我們知道狼族不會就此放棄，必定會捲土重來，而且摩比說過蛇族和蝠族亦肯定虎視眈眈。保羅建議我們要先發制人，可以直擊狼族的大本營，如果能重創他們。地球就可以有一段較長的時間平安。但若要長治久安，就必須要正面挑戰暗魅，但保羅說我現在的力量應還未足以挑戰暗魅，所以不宜太急進。

我雖然覺得遠征狼族會困難重重，更是危險非常，對這建議有所保留，但將戰場外移絕對好過守在地球等他們再次侵襲。但要遠征狼族，

就必需要得到熊族和龍族的全面支持，並要大大重整地球的軍力才可以，亦非要得到各國全力支持不可，所以根本不可能短期內成行。幸好狼人經此一役後亦不可能短時間內再次來襲，所以我們仍會有時間準備，反而蛇族和蝠族的動向，才會對事件發展有舉足輕重的影響，但保羅說他會繼續監視兩族人的動向。

「我真不明白為何你會有這麼多的異族資訊呢？」

「噢！我的資訊..是來自摩比的」

「那麼摩比其實是怎麼知道你存在的？難道你和摩比之前已認識的嗎？你的先進科技究竟又從何而來？」這些問題我一直沒問，因為我一直選擇相信朋友，但安娜雖也認定保羅是友非敵，卻認為必要搞清楚這些問題，所以這次我一口氣問了出來。

保羅見不能再避開此話題「對。我的確是他的族人改造的，摩比竊取了鷹族的科技，為的是要協助他尋找你，只要幫助你進化，才有希望對付暗魅，他們族人才有復仇的希望。」

「原來你的科技是源自竊取了的鷹族科技，怪不得這麼先進！」

「這事連鷹族也不知，你切勿告訴別人，就連對摩比也不要提，否則也再難竊取他們的科技。我們也不想竊取別人的科技，只是這是唯一能打敗暗魅的方法。」

既然已問個明白，維達和影子聯盟眾人亦同意要遠征狼星，只是維達認為要作外太空作戰，有很多技術細則仍難於實行，這個作為兵工廠東主的他必定有所知識。但我認為比起技術細則，和摩比和卡卡迪達

聯盟,讓他們也答允一同出征比擁有先進軍火技術更重要。保羅也認同,他補充說太空戰船和軍事科技方面,他可以再幫助,還是先確認兩族意願最重要。最終我們決定交託維達和保羅計劃細節,同時著保羅聯絡摩比和卡卡迪達,先要取得他們同意,之後再訂立遠征細則。

既然會議已有結論,我拉著安娜就走,說要去探望剩餘的數十個光戰士。哪知維達說要安娜陪他去見三位上將,要借助安娜的聰明智慧,先確認各國的參戰意願。我權衡輕重,唯有讓安娜跟維達走了。哪知我剛要走,地球防衛軍的衛斯中校就到了。地球防衛軍之前只是個籠統的名稱,這刻卻是聯合國為了應付狼人侵襲而正式成立的聯合部隊,以美、中、俄三國和歐盟為主力,衛斯中校是第三指揮,他的專職是與我及外星民族聯繫。這次還親自來報訊。

「有些光戰士們的身體出了狀況,他們要我請你過去!」

「好的,我正要過去。」之後我就和眾人別過,安娜他們去找三位上將,我就和衛斯中校去了探訪光戰士。

原來有部份光戰士自月球回來後,身體就出現了變化,有部份出現器官衰竭,有部份就開始流半黃半紅的血,大家都非常擔心,所以希望我來到,以我的經驗為他們提供答案。

我知道正正是上次月球上的核爆啟動了他們的二次進化。他們必須要得到足夠能量進化,否則身體就出現器官衰竭。不過也不是所有光戰士身體也出現了危機,他們有一些的身體內的 X 核鹼基已穩定下來,並且已有五位成功進化了兩次,已出現了 O 核鹼基,這五人中最高靈力的正是盧卡斯和亞祖安,而兩人中又以亞祖安靈力更高。已成功第二

次進化的人當然問題不大。但未成功第二次進化的人就麻煩得多，我若要幫他們，我想我還是盡快找保羅和摩比幫忙，否則這些人不知還可以支撐多久。

我叫盧卡斯和亞祖安照顧餘人，自己趕忙回去找保羅。我想若將保羅的方法妥善改良的話，或許真的能幫助他們渡過難關。

我回到保羅之處時，原來眾人會議完畢後，各人已各自散去。安娜因之前相約了俊雄，要和他比試烹飪，這比試大家都非常期待，反正可以吃花生隔岸觀火，又可以有美食吃，有誰不期待呢？因此安娜就去了菜市場買餸菜。我也立刻找保羅商量。保羅說「之前我們試用輻射來幫助他們進化，方法雖可行，但風險也著實不少。上次的經驗，如身體短時間接受大量的能量，身體或會承受不住。最重要是精準找出接受甚麼分量的能量及以甚麼方式注入才會起作用，只是這又因人而異。所以要以這方法幫助他們仍是困難重重。」

之後保羅以人工智能分析上次測試的數據，看看可否為每人找出一個合適的輻射量。鬼塚不理醫院的反對，提前出院回到聯盟休養。雖然他活動還不靈便，但既然他在此，他也來幫忙分析，他是人工智能的高手，他嘗試修改演算法，再以超級電腦模擬每人的化學及生理反應，看看可否算出適合各人進化的輻射份量，我則幫忙輸入各人的生理數據。保羅說過進化不可能完全依靠科學推算，它有一種未知又不能操控的偶然性，就像大自然中很多物事都有其偶發性。但無論如何，我們也希望能盡力找出一套成功機會最大的科學方法來實行。我們一直研究，不經不覺已至晚飯時間，只見俊雄來找我，「安娜是否膽怯？所以知難而退？」

「怎麼？她不是說去買菜麼？安娜還未回來嗎？」

「我一直等她，但一直沒見她回來。已到晚飯的時間，我已煮好我的菜餚，如她不再回來，我就只有當她棄權好了！若她真的知難而退，也總算有自知之明」

我立時去她房找她，既找不著，跟著就打電話給她，但一直也沒人接聽。我隱隱覺得有點不妥。我立刻說要外出找她。

摩里斯說「才不見半天，也不要這麼緊張，或許大家稍等，她就會回來吧！」

但我有種不安的感覺，堅持要去找安娜，大家見我掛念，再者大家早已當安娜是伙伴，也嚷著要一起去找安娜，智旭大叫「吃完飯才去找吧！」

「我有她的衛星定位的訊號，我先去找。你們留下吃飯，如我找不著，再叫你們幫忙」我說。但大家見我緊張，還是堅持與我一起去，除了智旭有點不捨。

「我也跟你們一起去」智旭還是說，一手抓起一只雞腿才起行。

「你還是留下吧！我需要有人幫我查找各個監察閉路電視」我說。

「放心！包在我身上」智旭聽後就留下來，更已開始撕吃手中的雞腿。

由於只失聯了還不夠半天，我也沒打算驚動警方，只我們一行八

人按她電話的衛星定位訊號追蹤到郊野，那裏離菜市場約有三小時車程，不知她為何到了那裏。但去到那裏可惜只在樹林中找到安娜遺下的電話、卻沒有見到她。我再聯絡總部的智旭，他雖貪吃，但他也關心安娜，已仔細看過那地方附近不少閉路電視，果然看到安娜離開菜市場，及後她走到一處沒有閉路電視的地方就失了蹤。我嘗試用靈力連繫安娜，卻未能連上。如她在附近，理論上我必能連繫上，除非她已完全失卻意識。

　　於是我們以找到她電話的地方為中心，發散四處去尋找她。由於我覺得不對勁。我叫他們不要分散落單，將他們分作兩批人去搜索，兩個跟著咸美頓(這組人都帶上了槍械)和另三個就跟著保羅，而我就會獨自去找。保羅帶備了簡單的武器，咸美頓有街頭搏鬥的經驗，兩人有能力保護眾人，我已失去太多同伴，不願再失去同伴。

　　我們分開不久，我就在附近找到了一個山洞。我有點不祥預感，但無論有多兇險，只要有機會找到安娜，甚麼險我也願意冒，我隨即獨自進入了山洞，越覺危險，我越單獨行動。

　　只見這山洞又長又深，我想縱是在白日，也不能見到山洞盡頭，何況這刻已是黃昏。這裏應是喀斯特地形，洞內深處我可見到不少鐘乳石，我望向洞內深處，看見洞內有水，水亦清徹明淨。這些也是喀斯特地形中常見碳酸鹽岩和碳酸泉。其實風景真的不錯，可惜現在不是觀光探索的時候。很快就會日落，再加上越走越深，遠離洞口，我稍內進一點，洞內已暗黑一片，我亮起激光劍作為照明，只覺洞內陰森，步步凶險。我緩緩入內，只見這刻山洞窄長，這處入口只約夠三人同行，但只要內進深入，就變得較寬廣。但所謂較寬廣，也只是約七八人之寬度。內裏還有很多分支，有些平路走，有些往下行。我嘗試感應安娜的靈力，

所有生命都有靈力，只是一般人靈力都很弱，亦不知道它的存在、更不懂得使用。但以我現在的靈力之強，若不是對方距離極遠，又或是沒有意識，否則我都能感應到，可惜的是我完全未能感應到安娜的靈力。每個人的靈力都略有不同，就如光有不同的波長，訊號有不同的頻譜般。

我每一次來到分支路時，就感應一下安娜的所在，然後再抉擇。可惜的是我無法感應到安娜，會否安娜根本不在其中？這刻我拿不定主意，究竟要往平路走，又或是往下走，又或是要回頭走？我決定相信直覺，選擇了往下走。往下走行了約數分鐘，就開始聽到水聲，原來往下走竟然是個大水潭，我不知水有多深，但我隱約見到水洞的另一端有陸地，而且我看見在對岸好像有東西移動，只是看不清是甚麼人或是甚麼東西在移動？我的激光劍雖然亮，但洞太深，而且一點外來光也沒有。我可以爆發我的靈力把激光劍變得更亮，但最後我還是決定保留力量，情願緩緩前進看個究竟。我始終看不清對岸上是甚麼人或物？我只隱約聽到嘶嘶沙沙聲，而且我越進深，聲音就越響。

我大叫「安娜，你在嗎？」

沒有回應。我決定到對岸看看，但涉水太危險，當然我不用涉水，因我曉得飛。於是我向對岸緩緩飛去。只飛到一半距離，我已可隱約見到對岸情境。我立時毛骨悚然，因我見到有無數的蛇在蠕動，發出沙沙響聲。一般額斯特溶洞未必會有蛇，反是其中水潭多會有魚蝦等生物。不知為何這裏竟有這麼多蛇。我自小就怕蛇，雖然我遇過困難風險，但我不怕危險，卻偏偏怕蛇，或許這也是遺傳自我媽媽，她也是極驚怕蛇的。所以這刻我見到這麼多蛇，心裏不禁發毛。

當我稍稍飛近時就看到原來在大水潭中有一個孤島，在那裏有一大堆蛇在不停蠕動。那些蛇中有大有小、有黃色的、有白色的、有青色的、有條紋的、有三角頭的、有橢圓頭的、有尾部會發聲響的、有小蛇、長蛇、毒蛇、亦有大蟒蛇，其中有一條大蛇其體型之大更是嚇人，我想莫非這就藍森蚺 --- 世界體積最大的蛇。我實不明為何這種本應出現在亞馬遜森林的巨蛇竟會出現在大城市的市郊。而且蛇的數量多至疊起一堆堆。我不知為何有這麼多蛇走進此洞，還能涉水越過水潭到達孤島，還要這麼多不同種類的蛇混雜在一起。

當我再飛近時，我竟發現在孤島中央，有高高隆起的蛇堆，好像有東西被蛇群覆蓋。於是我在孤島著陸，欲查看究竟，哪知我一著陸，就立刻被附近的蛇攻擊，我當然可以以激光劍擊殺那些蛇，但我怕這會引起蛇群攻擊，不想節外生枝，所以重新飛回空中，跟著我用靈力拾起孤島上的碎石，再擲向那隆起的蛇堆，以驅趕蛇群。若果找不到碎石，我就用靈力從洞頂拔下細小的鐘乳石筍，再用劍劈成數截來擲。果然在我快擲之下，隆起的蛇群漸散至四方，我竟看見在蛇堆下露出人腳來。我連忙改變策略，不再擲石，我怕蛇被石擊中，會咬傷蛇堆下的人。我改用靈力把蛇堆趕散，我本來就能控制別的生物，只不過並不常用，亦不喜用。幸好不一會大部份蛇都四散了。我赫然看到安娜就在蛇堆下！

更幸運的是蛇群對安娜卻只是蜷伏她身驅上，完全沒有攻擊行為。我忍著面對群蛇毛骨悚然的驚恐，急用靈力輕輕提起安娜到空中。為免蛇群因受驚嚇而咬傷安娜，我提起她的過程也甚緩慢，讓蛇群可慢慢散去。過程中只見無數小蛇紛紛從她身上掉下。但還有一條巨蟒纏著安娜身上令我難以把她提到高空，我唯有一揮激光劍，把牠一劈為二，就在

光與暗之戰

我劈開大蛇一刻，群蛇竟都飛撲而起，向我作勢咬噬。我怕會誤傷安娜，千鈞一髮之際我一把抱著安娜，然後再急飛後退，才僅僅避過群蛇咬噬，令我不禁一額冷汗。

　　只見安娜身上還掛著不少小蛇，我看著心頭發毛。一手抱著安娜，口咬著激光劍，另一手忙掃去她身上小蛇。不一會就給我掃光了，望向安娜，只見她雙目緊閉，果然沒有了意識，但仍有體溫和脈搏，不似被毒蛇所傷，我雖擔心，但亦同時稍感放心。我加快飛行，想盡快出洞再加以救治，但洞口窄長細小，難以抱著安娜飛行。我還得雙足站地，抱著安娜緩緩而過。幾經辛苦，終於過了洞口窄長處來到洞口初段的較寬闊處，我再次急飛而起，要盡快為安娜尋找醫治。

　　哪知我剛飛出洞口，我突然感到右前臂劇痛，我原以為我已掃清安娜身上的小蛇，哪知還是有一條細小的青蛇仍蜷伏在安娜的身上，牠之前蠕伏在安娜衣襟內，我未能看到，此刻突然咬我一口。此蛇蛇頭呈三角形，想來會是毒蛇一條。由於我右手突然劇痛，我竟抱不穩安娜，安娜就從約三米的空中急墜，我一把將仍掛在我右手臂的小蛇扯走，遠丟開去，由於急忙拉扯掙脫，小蛇的雙尖牙應還穿在我右臂中。我想急向下飛再抱回安娜。就在此時，我聽到洞外不遠處有人大叫「有很多蛇呀！」，就在此際天空突然響起隆然巨響，竟有閃電雷擊向我直擊而來，正中我身！

第六章
蛇妖

蛇咬、安娜墮下、拔蛇、聽到驚呼、被雷擊中，所有事都只在一瞬間發生。我完全未能反應過來，就已經受傷，安娜亦已著地。

我身中的其實不是閃電，而是電武士的雷電箭。我剛飛出洞口，因被蛇咬而鬆手掉下安娜，跟著我急向下飛想重抱安娜，正因為我稍稍改變了飛行方向，所以此箭正中我的背部腰處，若不是我臨時稍稍俯衝，從箭射來的方向計算，就不會是我的背腰，而是會正中我心，並且很可能會先穿過安娜。

我雖只是腰背中箭，但卻感到全身觸電，全身也像被高熱電流衝擊，感到異常痛楚，我想我腰處有些皮膚應已被強勁電流燒焦，我先感到全身肌肉抽搐痛楚，跟著就是腰背劇痛。我想幸好我不是要害中箭，再加上我有靈力護體才能僅僅避免一死。若是常人中了此箭，肯定已被強勁電流燒焦成碳石。我雖負傷，但心知仍在險境中，我在中箭一刻激光劍就已墮地，我立時用靈力拿了回來，我右臂先前中毒，此刻不能靈活地使劍，於是我左手執劍，急舞成圈。從激光箭的威力來看，若我單以靈力築起保護罩絕不足以阻擋雷電箭，必須以激光劍的力量才能有效防禦。

我向射箭的方向望去，只見一雙陰森兇猛的目光在山崗上正望向

我來，本來他以巨石和大樹遮掩他的身體，此刻既被發現，索性走到山崗的崖壁上彎弓傲立。

這雙陰森兇猛的目光正是來自電武士 --- 蛇族的電武士沙亞，其實他本來的名字叫作蘇奧薛利米伊古魯，但蛇族以外的人都叫他作沙亞，這名字來自他移動時在地上發出的沙沙聲響。在狼人大軍剛剛撤退時，他就乘我們大肆慶祝之際，悄悄來到地球。

電武士沙亞的外形就如一條大蛇，有一雙手，但沒有腳，他的蛇頭上有兩隻角，就像在中東和北非出沒的角蝰蛇，只不過是一個放大版本。蛇頭上有雙角再加上他眼中只有一絲的瞳孔看似就如魔鬼的化身，但有角的蛇亦有人就說這就是龍的化身。他身上頭上卻滿佈一條條的小蛇，令我想起希臘神話中的美杜莎，或許古時地球上的人曾看過蛇族人，才會創造出美杜莎這樣的神話人物，他用的武器是橙色激光弓箭。

電武士也算狡滑，看到既然連撒加和他的狼人大軍在地球上也得不到甜頭，他當然不會選擇正面衝突，所以悄然來到地球就伺機偷襲，這樣能活捉或打敗我的機會就會大大提高。他早在洞內以安娜為餌，誘我深入洞內，他知我會在洞內處處提防，所以反而不在洞內伏擊，而且他知我尋得安娜後必然心急為她求治，心急就會疏於防範，於是伏在洞外等候時機。本來我剛出洞時，他就一直想瞄準我的位置攻擊，本來他還可以再等一會，但卻在關鍵時刻卻被俊雄看到而大叫，為免我有所防範，就不得已立時發箭攻擊。我若不是安娜墮下令我改變了飛行方向，又若不是我聽到俊雄突然大叫有蛇，蛇武士不能再等，恐怕我已死於他箭下，我及後想來真的深感幸運。

沙亞一箭並未至我於死地，當然不會罷手，他連珠炮發，一時間箭如雨下，他每一箭就是一個雷轟閃電。霎時雷聲轟轟大作，一支又一支的閃電直轟向我。我急運劍一一抵擋，可幸是我左手也會使劍，所以還能勉力支撐。

　　我是右撇子，但我哥哥是左撇子，少年時我們曾賭氣，看看我左手寫的字更好，又或是哥哥的右手寫的字更好。所以我左手曾苦練了數個月，及後我習武時曾學習雙手劍，所以左手使劍雖然沒有右手般好，但卻也還算靈動。

　　我把劍連環運轉，把激光箭一一擋下。眼見激光箭奈何我不了，電武士就轉向我的伙伴埋手。俊雄等眾人就在不遠處，沙亞在山崗上可清楚看見眾人，於是他就向眾人放箭，第一箭就射中凱利。

　　電武士沙亞不似希臘神話的美杜莎，美杜莎只要和目標對望一眼就能把目標化作石頭，電武士沒有這般厲害的目光，但他的雷電箭就如極強的閃電，只要一被擊中，極強的電流就會把目標燒成焦石，這點也和美杜莎相仿。瞬間中箭的凱利就已變成焦石。只嚇得智旭口中的朱古力棒也掉到地下。

　　我心裏難過，急叫他們找地方躲避。而我就朝沙亞飛去。我並不是想直接攻擊沙亞，他的雷電激光箭威力太大，這刻受了傷的我不敢正面迎擊。但我不能逃走，我一走，恐怕其他在場的人都會難逃一劫。我圍著電武士團團飛轉，伺機攻擊他。

　　電武士沙亞一擊未竟全功，看到我劍握左手，戰鬥力好像沒有太大消減，大感錯愕，一時間也樂於與我遊鬥，要看清楚傷勢對我的影響，

光與暗之戰

雖然我已把咬我的蛇摔掉，毒液亦不會對我致命，但卻就漸漸影響我的身體，最先受影響的就是我的視覺，我開始出現視野模糊，但箭傷傷我更甚，雖然箭傷沒有傷害我主要的器官，但我嚴重灼傷，失血漸多，恐怕難以久戰。他亦清楚看到我被蛇咬傷，而且我既然已中了他的箭受傷，所以認定與我遊鬥會對他有利。

由於我飛行的速度比他的箭稍快，所以他連環發箭攻擊並不能傷害我。於是沙亞就改變策略，改為攻擊我身邊的人。由於當發現蛇妖之時，各人都是四散逃走，果然我要飛趕去不同之處去救援眾人，立時就顯得吃力。我才剛擋過對摩里斯的攻擊，轉頭又要飛去保護俊雄。沙亞果然聰明，不一會就發現了我的弱點。於是他連環向我發箭，要我稍稍飛開，再連環發出兩箭，一箭射向躺在地上的安娜，另一箭就射向相反方向逃走的辛格，我急飛去護著安娜，一劍擋格射來的箭。至於辛格，我無法分身，於是唯有用靈力拔起辛格身旁一顆樹再擋在他身後，希望能擋住沙亞的雷電箭。不知是否我受了傷後，頭腦變得遲緩，如我用靈力移開辛格肯定較易，可惜電光火石間我竟然去移動更大更難移動的樹木。更不幸是受了傷的我，靈力已減，辛格身旁那顆樹太大，我竟然拔不起，只能折斷了其中一支枝幹。結果當然無法擋住，轉眼辛格就變成了焦石。

我內心劇痛，大聲咆哮，直撲沙亞。我已無可選擇，不能再左閃右避，而是全力撲擊，才能令沙亞不能抽身再攻擊眾人。但正面對戰正合沙亞意思。他對我連環箭發，一箭快似一箭，我旋劍在身前，一一擋格，我每擋一箭，就感到好像被雷轟一樣，他雷電箭的威力甚大，令我嘗試多次飛近亦無法成功，只要我能飛近他，我的劍在近距離就會比箭

更有殺傷力,但我還未想到方法破解這狂雷電轟,就已漸感到力不從心,只要我的劍一緩下來,恐怕就會再次中箭。我背負了眾人安危,唯有全力施為。這樣的直接硬拼,結果一是我先中箭倒下,或是我能逼近他,有打敗他的機會。在我擋下了數百箭之後,我終於能逼近,但同時開始感到力有不逮。

沙亞知道決勝時刻已臨,也不再隱藏,使出他的絕招「雷霆霹靂」,他把雷電箭密集從中心以螺旋形式的向外極速密集發射,這樣就形成了一個電箭網,令他的攻擊物無處可逃,這有點像風武士激光矛的密集攻擊,但雷電箭的威力更大。究竟我的「曙光乍現」能否穿過這麼高能量的電網還是未知之數。我決意冒險,先穿過電網,再發攻擊,這樣我的攻擊就會更具威力,但究竟戰力消減的我能否抵擋這雷電網呢?

就在千鈞一髮、電網快要形成之際,突然間空中出現了數架直升機及四架機械特警,那些機械特警是軍方專用的第四級別。他們向著電武士,不停發射衝擊波,就是這些衝擊波令電武士受干擾,雷電網射來的方向就稍有偏差,我稍為側飛就射到我的身旁。而直升機就有四五盞強力射燈向著蛇妖射來。我已感到透支,快無法繼續作戰,我把握這千載難逢的喘息機會,飛到燈下補充光能。跟著又再有多四架機械特警迎面飛來,他們圍著電武士發射衝擊波炮。我不知這從何而來的機械特警,我本想靠自己力量跟沙亞一較高下,但此刻身受重傷,安娜生死未卜,同伴亦處於險境,我樂見有外援來幫助,即使這批外援背景與動機都不明。

這刻沙亞一箭把其中一架直升機打下來,但他不停被衝擊波炮擊,不勝困擾,也要不斷閃避。若果他面對的只是直升機和機械特警,沙亞

當然不怕，只怕不出十分鐘他就能全部收拾，但我一直伺機在旁，我才是他的心腹大患。眼看陸續還有直升機、機械特警和地面部隊源源加人，他評估若我仍有戰鬥力，他既要分心應付各方面的攻擊，我就會有機可乘，若不想落敗，他就要急謀對策。其實短時間內，電武士已打下四架直升機和三個機械特警，但新的機械特警卻源源不絕的加入。

霎時天空雷電大作，空中不停的打雷，才一瞬間就已有過千次閃電，閃得整個夜空也明亮，地上不少樹木被雷擊中後立時著火燃燒，亦有數架直升機及機械特警被擊中墮地，我樂見天空明亮。接受了大量光能後，我喘過氣來，回復了一點戰鬥力，我再次飛在空中伺機攻擊沙亞。哪知沙亞使雷電大作竟是掩護，他權衡風險，恐怕偷襲不成，還會身陷困境，所以他就在狂雷電轟掩護中撤退。

我沒有再追，機械特警對付人類，自是威力無窮，但對電武士來說，只不過是一些阻攔困擾且已。當然沒能把他攔下來，禾特就眼白白看著電武士逃去。

我飛回地面就看見了禾特上校，原來當我中箭後，保羅見情勢危急，就叫鬼塚立刻聯絡禾特，告訴他蛇妖出現的地方，因為只有禾特才能於短時間內調動強勁軍事力量，以助我一臂之力。鬼塚當然有方法聯絡禾特，就叫他把握機會捕捉蛇妖。果然禾特不會錯過這絕世良機，並且他有非常強勁的機動力，短時間內就急召了很多的直升機和軍方的機械特警來圍捕蛇妖。

「很久不見了，謝謝來援！」我開腔向禾特說。之後我已沒無暇再跟他說話，立時抱起安娜，查看她的狀況。只見她雙目仍然緊閉，可

能在下跌時受了傷，但氣息和脈搏仍然穩定平均，想來應沒有即時生命危險。跟著我和眾人亦急於去看辛格和凱利，可惜他倆已成焦石，眾人欲救無從。

「慶幸我們又見了」禾特對大家說，跟著打了一個眼色。他的手下立刻包圍著摩里斯他們。

「又想捉我嗎？」

禾特搖頭說「你和維達是舉世的英雄，他們等人也大露頭臉，我如何敢動你們一毫毛，但這人我卻可以拘捕」他指向保羅。

其實禾特仍想活捉我研究，但這刻我的身份和知名度，他們起碼不可以公開的對付我，而且他們亦自知難與我正面為敵，只可以暗中籌劃，所以上次誘惑我的美女群中就有禾特派來的間諜。上次地球保衛戰，影子聯盟眾人也大露頭臉，也不能強加拘捕。反之保羅一直極低調，沒有接受過任何訪問，坊間根本對他認知甚少。禾特雖不知保羅的背景，但卻知他就是我背後的軍師，而且知他背後有不少新科技。他今晚捉不到蛇妖，直升機和機械特警卻損失了不少，他怎能就此空手而回呢！若能捉到保羅，他或能從他口中得著甚麼有用秘密或科技，或是令我投鼠忌器，也是大功一件。當然我在場，要活捉我的伙伴並不容易，但他審時度勢，知我已受傷，要自保或許尚可以，但要兼顧眾人就有難度，所以難得有此機會，此時不動，還待何時。

「我和你做個交易，這些人對你或有價值，但他們對比蛇妖來說，只有如蝦毛，蛇妖才是你的大魚！我說得對嗎？」

禾特沒答，但雙眼閃爍，我肯定我說中了。

「你也看到，單靠你的軍事力量，你沒可能捕捉蛇妖，如我能參與協助，你的成功機會就倍增」我續說。

「你要甚麼條件？」面對這建議，禾特果然不可推卻，這將是大功一件，他如何能推卻！

「第一，捉到電武士後，你要先交我審問，之後我會把他交給你，但你絕不可以殺他、辱他。第二，你今天要放走我們，不再為難我們！」

「好！但我也有一個條件，就是這伙人不許再黑入我的手機和電腦。」

「一言為定」我倆擊掌作實。

我也不能肯定這協議是否最好，今天我已做了很多蠢決定。其實面對蛇武士時，我選擇冒險先穿過電網，再發攻擊，就是一個蠢決定。雷霆霹靂絕非一般普通招式，而是沙亞的絕招。受了傷的我絕不能輕易闖過，若不是禾特的機械特警及時趕到，我恐怕非死也會重傷。但與禾特合作是否一個蠢決定我也不在乎，這刻我急於為眾人脫困，我亦急於要離開去救治安娜，所以我只能作此協議，而且蛇妖不會就此離開，此刻受了傷的我若有禾特的幫忙，會較有把握對付蛇妖。我就叫禾特要用盡他的方法去追蹤電武士的蹤跡。而我們就回去稍作準備，明天展開圍捕。

跟著我們就問禾特借了一架直升機把辛格和凱利的焦石一同運回聯盟總部，眾人都非常傷心。我就抱著安娜先過他們飛回聯盟總部，並

在飛前叫鬼塚先聯絡維達，緊急派醫生到總部診治安娜。相對市內的醫院，我還是相信維達多一些。

維達辦事也真的快，我一飛回到總部，就已有經驗豐富的醫生在場。我連忙把安娜交給醫生檢查，醫生經過初步檢查後，說「她沒有生命危險，只是曾被麻醉藥麻醉，藥力還未百分百散去，她並且嚴重脫水，也有點低溫，昏厥應只是暫時的。調理過後應很快康復過來！」

聽罷，我放下心頭大石，跟著就直接暈低倒下！

眾人都大吃一驚，保羅知我受傷不輕，剛剛只是苦苦支撐，為了安娜才一直堅持著，這刻心裏一鬆下來就再支持不住。本來緊急醫生救援隊到場本是到來救治安娜的，但到頭來竟變了為我而來。雖然我當下情況不佳，但始終我有靈力護體，又避過重要器官受傷，經過一輪救治後，我就穩定下來。之後保羅再找不同光源光照我，為我補充能量。

原來我受箭傷後，失血不少，又中了蛇毒，只是仍裝作一點事也沒有，因為我知只要我一倒下，不單止我性命危在旦夕，連我所有同伴，甚至安娜全都可能會命喪，所以我一直堅持著和沙亞戰鬥，但我的力量還是不斷在消減。也正因此，我才與禾特合作，我本不屑與禾特這樣的人合作，但我自身難保，又急於拯救安娜，提出合作就能為一眾人脫身。為了安娜，甚麼條件我也會答應。只要能保安娜平安，就是賣身給惡魔，我也會答應。

哪知我一倒下，我就昏迷了十二小時，昏迷中我發了一個夢，夢到安娜答應了嫁我為妻，我真感到我是世上最幸福的人。但就要在我們成婚之時，安娜就突然要離開我。

光 與 暗 之 戰

　　我急忙拉著她的手，把她拉過來，一把緊緊抱著，說「求妳不要走！絕不要離開我！求求妳！」

　　哪知我竟聽到耳邊有聲音說「好啦！我本只想來看看你！但你求我不走，我就留下陪你吧！只是你也不用抱得我這麼緊！」

　　由於聲音異於安娜，我連忙掙開眼，從夢中驚醒。哪知醒來更是吃驚，我緊抱著的不是安娜，而竟是蘇菲。我立時放開了她，對她頻頻說「對不起」。我繼上次之後，再一次輕薄了蘇菲，一時除了道歉，我張口結舌，難以解釋。

　　看到我尷尬的樣子，只見蘇菲笑顏如花「你也不用抱歉，我挺喜歡給你抱著！」

　　聽後我更惶恐，哪知我還未反應過來，就聽到有叩門聲。蘇菲竟立時再次爬到我的床底，動作也相當純熟。

　　我還未及應門，門已打開，尹薇特一個箭步的跑過來，擁著我要吻我。我及時把她輕輕推開，雖仍給她抱著，但卻避開她的親吻。

　　我也不解讀她此刻面上複雜表情，我先發制人說「我有事找妳幫忙！」

　　好不容易打發了尹薇特，我再打發了蘇菲離去，兩人分別在臨走前，都要我答應辦完事後要第一時間找她。我勉為其難敷衍她們，我有更緊要的事要辦。

　　縱使這刻我還是相當虛弱，但我立時離開病床，因我掛念著安娜

的安危，又極擔心沙亞會再次攻擊或是離開地球。所以我一恢復意識，就去見安娜。探安娜時她還在熟睡，原來她因身體過度透支及虛弱而沉睡，但已恢復意識，狀況已比在蛇洞時好多了，醫生說只要再靜養多兩天，應該就會康復。我也沒有叫醒她，讓她好好安睡。

確保安娜沒事後，我立刻叫鬼塚聯絡禾特，而聯絡的方式竟是打政府的熱線。

一群黑客竟然打熱線聯絡特工頭目，這樣的聯絡方式真是匪夷所思。

其實我的靈力只回復至約七成，所以我們必須極小心行事。可幸的是我昏睡的這段時間，電武士也沒有來襲。我立刻去找保羅，我問他「為何電武士在地球距離我們這麼近，我卻竟然不能感應到他的靈力呢？」

「在龍族的星球上有種特別的物質，這種物質能掩蓋你們的靈力，所以只要把這種物質塗在身上，就可以減少靈力的外露。我雖然未敢肯定，但我相信很可能就是這原因」

「那你有這物質嗎？」

「有微量」

「我有三件事要拜託你幫忙」

另一方面，禾特雖然不能確知電武士去了哪裏，但他利用間諜衛星及機械特警尋找他，再用人工智能分析所得的資訊，肯定了他沒有離

開地球，但卻沒有絲毫他行蹤的頭緒。但按上次的經驗，估計蛇武士一定是藏身洞穴，活動於地下，於是我叫他尋找方圓百里內的地下洞穴，他必定是隱藏在另一個山區中的一個無底洞。果然禾特就找到一個這樣的洞穴，這洞裏四通八達，連綿十數公里，就是通往地面的出口也有六個，想來蛇武士就是利用這些地下通道遊走不同地方。但因地洞幅員廣闊，就算能確認電武士在洞內，也不知要於洞內何處尋找他。

其實我只是回復了六七成的靈力，應打不得過沙亞，但我已不能再等，因為如他一旦離開地球，我便無從打探。我本不想多豎立敵人，但既然是他先偷襲我，並且向安娜下手，我不可能就此罷休。而且若能活捉他，說不定能為遠征狼星或對抗暗魅提供有用資訊。

我和禾特及他的部隊不久之後就去到那山區，我囑咐他指派人封鎖無底洞的所有出口，然後派遣大量第四級的機械特警進入洞內，為的就是要趕蛇出洞！

用機械特警的好處就是免卻了不必要的犧牲，但機械特警無論是甚麼級別，都絕不可能是電武士的對手，不過我有特別的任務給他們。

一瞬間就已有近百個機械特警進入了無底洞，我們透過機械人的攝錄機及夜視鏡頭，我們可以清楚看到洞內的情況，由於有兩個出口較窄，蛇武士經這裏出入的機會極微，我只派了二十個機械特警把守在外，其餘一百多個機械特分四批從四個出口進入洞內，各洞之外禾特再派注重兵分別防守。

洞內真的縱橫交錯，究竟要往哪處找呢？有些通道寬闊、有些通道狹窄，不過以沙亞的龐大身驅亦不易通過太狹窄的通道，所以我囑咐

他們選擇寬闊的通道，這樣選擇的話，分叉路的選擇就大減。機械特警亦不至過份分散。

我再叫他們要留意地上的痕跡，因為所有蛇移動時都會在泥土上留下淺淺的痕跡，電武士就是一條巨蛇，他沒有腳，但他直立時就足足有約四米的身高，而且他除了樣子貌似地球上沙漠極毒之蛇 --- 角蝰外，他移動時亦似角蝰蛇，會讓身體微微壓在沙土中前行，因此會留下明顯的痕跡。果然不久其中一組就發現了蛇跡。

哪知才剛發現了蛇跡，竟突然在這密閉空間就雷聲大作，跟著就有閃電瞬間擊落了五個機械特警，電武士的力量實令人咋舌。

「為何山洞內竟會有閃電？」禾特的一個下屬問。

「不是一般的雷電，是電武士的激光箭」

接著又再有三個機械特警被擊落。剩餘的十多個機械特警不斷用衝擊波攻擊沙亞，沙亞毫不害怕。禾特見衝擊波對沙亞起不了任何作用。就按保羅的意見，改用了次聲波武害。保羅早跟我說過，聲音衝擊波對七武士未必有多大作用，而若用電磁衝擊波(電磁脈衝)就更對電武士毫無作用，果然改用次聲波武器立時就令沙亞感到困擾。

聲音按不同的頻率分為次聲波(低於 20 Hz)、可聽聲波(20-20000 Hz)和超聲波(高於 20000 Hz)。一般人都未必能聽到次聲波和超聲波。超聲波有很多日常生活的不同應用，較為人所熟悉。但原來人類一直都有用聲波來作武器。聲波頻率越高、所含能量越大。雖然三類聲波所含的能量不同，但都被發展成不同的武器，就是次聲波武器、噪聲武器、超聲

波武器。噪聲就是利用可聽聲音，但卻可達 120 分貝(有若飛機升降時的引擎聲)，雖然不會立時致命，但卻會對人體造成損傷，所以常會用作驅逐敵人之用。超聲波武器熱效應明顯、穿透力最強，是屬害的武器。次聲波武器雖然能量較低，但會對人體器官造成傷害，甚至會和人腦造成共振，令大腦受損，同樣是屬害的武器。只是聲波武器要做到導向性只攻擊敵人，而不損自己周遭的人有一定難度。而且次聲波能量較低，要對敵人造成立時傷害，也不容易。

但保羅估計沒錯，次聲波雖不能打敗電武士，但對他卻造成極度困擾。令沙亞一時也急於逃脫。但我們已從其他通道調派了其餘的八十多個機械特警去那裏，最快的不用一、兩分鐘就可以到。剩餘的十多個機械特警足夠拖延至增援來到。

果然半分鐘後，再有五個機械特警被打落，但卻已有另外二十多個到臨，而且還不斷有新的加入。

「是時候了」我跟禾特說。原來除了次聲波，我們還為沙亞準備了特別的武器。

禾特一聲令下，所有機械特警都一同噴出化學泡沫，這些泡沫含有大量硫磺，蛇一般都怕硫磺等刺鼻之物。果然噴了不久，沙亞大怒。他大喝一聲，全身都放出閃電，這些電磁衝擊波一下子就把四十多個機械特警一舉破壞。但禾特瞬間又再送多五十多個機械特警入內。電武士沙亞聞著刺鼻氣味，再加上次聲波困擾，急於離開，我已指令一部份機械特警事前特別裝上火槍，專門負責封鎖退路。其實沙亞對火槍、泡沫都不怕，只不過泡沫令他厭惡、次聲波令他困擾，面對大火又不能硬闖，

而火槍數量又不少，一時難以完全掃除。要像剛剛般一舉擊落四十多個機械特警，極耗靈力，難以連續使用。而且之後還不知有甚麼後著，不能過早耗盡靈力，所以唯有擇路外逃。

電武士急於離開山洞，除了因為討厭硫磺氣味，還因為離開山洞，他就能呼雷喚電，借用天際的雷電增強自己的威力。他也估計洞外必有埋伏，但他藝高人膽大，在地球之上，他只對我忌憚，但他確信我傷後戰鬥力會減弱，令他無所顧忌，他更立意要用雷電把眾人都劈死，以雪他在山洞之辱。

哪知他一出洞口，一支箭就向他急射而來，那不是普通的箭，而是由我發射的激光箭。沙亞固然估不到我會以箭迎擊，但他對伏擊早有準備，急忙在扭動身體，竟把身體扭成一個環狀，激光箭就在圓環中穿過，想不到這條大蛇靈活如斯，輕易就能避過我的箭。這還不止，他電光火石間仍在空中轉身時連環發箭向我還擊。我估不到他避過了我的伏擊，還可以在極短時間內連發多箭還擊，我連隨急避，我瞬間急飛避過多箭，並且百忙中也發了一箭舉箭向他回射去。瞬間我們兩箭相交。在空中激烈爆炸。

跟著兩人不停發箭，一時間兩人你一箭、我一箭，你閃我避。兩方的激光箭若在空中相碰，就會激烈爆炸。一時間天空就好像煙花爆發，煞是好看，同時空中也彌漫著濃濃的煙火味。其實禾特的機械特警這刻已盡數出洞，但電武士催動雷電、再加上我們兩人互射激光箭。一時漫天雷電，不少機械特警都被擊中，紛紛墮下。就是未被擊中的，因為空中電流太強，再加上爆炸所引起的衝擊波，令一眾機械特警的操作大受干擾。禾特索性吩咐所有機械特警都退到一旁，要先來個隔岸觀火，若

我快要落敗時，才再加入幫忙。我也不介意機械特警的退下，因為眾多特警夾在我們之間，實有礙於我的攻擊。

由於我新傷未癒，不宜久戰，我必須要速戰速決。因此我決定了孤注一擲。我不再發箭，面對沙亞射來的激光箭，我改用激光劍一一擋格，然後再飛到高空。為要提升我的靈力，我要吸收更多的陽光，然後向著沙亞作出最後攻擊。我選定了作戰的時間在正午，正值烈日當空，好讓我的靈力去到最高點。

電武士看到我的姿態，就知道這是決勝時刻，這也激起了他的雄心，要與我一比哪一位的激光箭威力更強大？其實我一開始與他比箭，就惹得他有點怒氣，覺得我輕視他，所以他已立意與我決一勝負。他也暫不再發箭，也不再翻滾閃避。而是呼喚雷電，片刻就烏雲蓋頂，雷電大作。他竟召喚天上的雷電盡數打到他身上，雷擊對他不但絲毫無損，還增強他的靈力。但我還是衝過雲層，就像在厚厚的密雲中打開了個孔洞，要盡收烈日的陽光。大家都在集結靈力，然後作拚死一擊，以分勝負。

我跟著大喝一聲，把全部靈力都集中，再連環發箭。我使出的正是我另一招自創招式 --- 「神光一線」。我雖連續發箭，卻不似沙亞，螺旋型的射出，而是一箭接一箭的射向同方位，讓激光箭的威力重疊，我雖發了百箭，但就似只發了一箭，卻是威力倍增，我將我連發的箭或劍都聚焦於一點，也就是招式之所謂「神光一線」。我研發了「曙光乍現」之後，發覺招式雖然突破力強，但力量過於分散，未必就能對強勁的對手造成威脅，我遂再別創「神光一線」。

電武士的「雷霆霹靂」形成了張天羅地網，我的「神光一線」卻似穿心箭，究竟是我墮進他的天羅地網，還是我激光箭射破他的電網一箭穿心呢？勝負轉眼即至。

第七章

脫險

　　電武士也同樣連環發箭，就只在一刻間，兩人都發了數百激光箭，霎那間空中佈滿閃電，在空中撞擊爆炸。這刻就是世間最璀璨的煙花匯演，也比不上這刻的絢麗，但在無比絢麗中又隱藏著無盡殺機。在這生死一瞬間，誰人疏手閃失，就會命喪頃刻。我這樣拼招，實有點兩敗俱傷之意。

　　最終我的「神光一線」還是成功穿過沙亞的電網，沙亞連環向著我的激光箭發射，要把我的激光箭抵消。連串爆炸後，空中充滿了燒焦的氣味，但終於靜下來。沙亞還是中了我的激光箭，受了傷，但因避開了要害，傷得不算太重。而我就被電網撒中，只見我抱頭蜷縮，護著我的頭，竭力抵抗超強的電力。其實近身搏鬥時電武士的「雷霆霹靂」絕對比不上土武士的「星球爆烈」的威力。但在遠距離攻擊時，「雷霆霹靂」就稍勝一籌。一刻間，電力稍退，兩人對立相視，跟著我就倒下來！並且一直倒地不起，未知生死，看來受傷極重。

　　看來雙方的招式都能成功突圍，傷及對手。但還是我受傷較重。

　　電武士沙亞大喜「勝負已分！你還是乖乖的跟我去見暗魅大人吧！只要你不反抗，我絕不傷你性命的。」

沙亞見我仍俯伏於地，連忙移前走近，手仍提著弓箭以防有詐。只要能捉拿我，無論死活，也絕對是大功一件。

　　就在此時，伺在兩旁的機械特警群起而出(禾特又召來更多的機械特警)，不停的向他發射超音波炮，力阻沙亞再傷害我。電武士只覺滿天機械特警，就如蒼蠅般討厭，看來要先收拾這些蒼蠅，才能探知我的生死。

　　但蒼蠅實在太多，除了超音波炮，還有滿是硫磺味的化學泡沫向他不停射來，令他不勝困擾。本來這些機械特警亦難以留住他，但我既受傷倒地，他豈能空手而回，只能正面迎抗。他急於探知我生死，唯有全力拍打蒼蠅。突然一支力量極強的激光箭竟由我處向他射來，由於距離甚近，急忙間，他已無法閃避，只能正面硬碰，匆忙間向我的方向還了一箭，這次換轉了是他，使出了兩敗俱傷的打法。但他深信，縱使他會受傷，但我先後中了他數箭，絕對可以致命。

　　我再次中箭，但這次我沒有倒下，倒下的是電武士。中箭後他受了重創，我用靈力呼喚禾特「是時候了」。禾特跟著指令所有機械特警噴出了大量麻醉泡沫。本來這些麻醉泡沫對他作用有限，他亦不會停留一地讓你迷暈，所以這方法本無法迷暈電武士。但此刻他中箭大傷後，抵禦能力和活動能力都大減。但沙亞不愧是電武士，臨危急召天上的雷電。一時雷電大作，霎時連環雷擊，把空中三十多架的機械特警，一舉全數擊下，而另一雷擊就再次擊在我身上，確保我絕命。

　　我再被雷擊，但這次我沒有倒下，反而沙亞卻終於在麻醉泡沫中暈倒下來。

光 與 暗 之 戰

　　我上次中了沙亞的箭後，也曾昏迷了十二小時。此刻沙亞中了我的箭，再加上他召喚雷電，同時他要攻擊太多目標，令他靈力一時耗盡，過度透支再吸進極重麻醉藥，終於支持不住，肯定會昏睡一段時間。但為何我先中電網，繼而再中電箭和雷擊，竟然會沒事呢？

　　沙亞倒下後，禾特就指派重型運輸機把他運回他的基地。而我則急忙卸下快要溶掉的金屬護甲，檢視我的燙傷。

　　我能一舉成功，全仗細心策劃。我雖然衝動好勝，但也不會貿貿然冒這大險，與電武士鬥箭，將生命作賭注。我找保羅辦三件事，第一件事就是找到那種龍族能隱藏靈力的特殊物質，再把那種特殊物質塗到身上，再加上我本來已受傷，靈力打了折扣，塗上那物質後，電武士沙亞就感應不到我，以便我在洞外埋伏。只可惜他異常機警，預計到會有人埋伏的，我在他出洞時未能一擊而中。

　　此戰中我先後兩次中了電武士的激光箭時，但我只是受了輕傷，並未受到太大傷害。為何我明明中了電武士的激光箭，我到頭來卻只受了點灼傷。答案就在我叫保羅為我做的第二件事。我少年時學業成績未算頂級，但身懷科學家父母的基因，可算聰慧，對科學和數學兩科表現更是出眾。我知道修理電纜的工人，即使手觸高壓電纜也可以絲毫無損。這全因為他們穿著特製的工作服，當中佈滿金屬絲線，正是這些金屬絲線保護他們不受電擊，這亦是法拉第籠(Faraday cage)的原理，在法拉第籠的保護下，電荷只會存在金屬物體的外面，而非裏面。所以人只要躲在金屬籠內，就可以安全避免雷電所擊。亦因此修理電纜的工人，只要穿著藏有金屬絲的工作服，就可以安然觸摸電纜。我就是拜託保羅幫我造了一件軟金屬盔甲，其實就像是古時武士所穿的護甲相若。我把這軟

盔甲穿在外衣下。我知電武士的電力非比一般雷電,起初我也有所猶豫,但最後它真的能抵擋電武士的強勁電力,只是他的電流實在太強,電流產生的高溫令到護甲內的金屬線大部份都開始溶掉,令我燙傷。其實我若沒有靈力護體,極高溫的金屬溶液一樣可以致命。

而且金屬護甲雖能保護我,但屢遭雷擊後已溶得七七八八,如電武士能持續他的攻擊,我就再無護甲抵擋電擊。

我還參考鷹族風武士的激光網,叫保羅幫我的第三個忙就是叫他編做一張大電網,但這張電網並沒有接上電源,反之卻加上大量的絕緣體,以便能捕捉電武士。在電武士開始昏厥時,禾特就撒網,果然一擊即中,成功捉到沙亞。

最後我叫尹薇特幫手,是叫她召集亞祖安、盧卡斯、積遜和奧祖。要他們守候在作戰區旁,卻也不許他們出手幫我。原來因為我受傷後靈力有所減弱,我怕我的準備都未能一把將沙亞擊倒,所以叫他們來。但我不是要他們幫忙出戰,我也怕若他們與沙亞對戰,會有危險。我召集他們在附近,就是我要在最後一刻讓我借取各人的靈力,以作出致勝一擊。

我沒跟從禾特回到他的基地,我只囑咐他一定要善待電武士,並要在他醒來後先讓我們先審問。然後我也不理身上燙傷,就立刻回去看安娜。原來安娜亦剛醒過來,兩人相見就相擁在一起,雖然這數天歷盡了艱險,但這刻兩人都感到無比幸福。

但我不能浸淫在幸福中,因我還有重要的事要辦,我要趕回去處理沙亞,因我怕禾特會不知怎樣待沙亞。我吩咐安娜多點休息後,就

趕回禾特的基地。如何處置電武士，這事牽涉地球的安危。面對眼前這等大事，維達和我一起前往見禾特，以策商量。去到禾特的基地，只見從前我和摩比打破的天花已重新修補好，應該還比以前更堅固，我知禾特還有別的基地，只不過這基地較大、保安也較嚴密，較適合囚禁沙亞。

我從未見過禾特這般高興。他為電武士打造了一個特大的透氣膠箱，這膠箱極厚，而且是經過強化的，再確保密室四周、甚至方圓百米內都是絕緣的，並且密室都接了地，確保不會積存靜電。他還確保附近沒有帶磁力的東西，因為電加上磁就可以產生力。這是一個極大的改裝工程，但工程雖大，禾特還是辦到了，這刻已把電武士關在其中。

沙亞雖然昏暈了，但把他帶來時，他身上還附有很多的蛇，跟他一齊昏厥了。由於不知麻醉藥能有效多久，禾特沒時間一一處理，一併也把牠們帶進囚室。當中有些因麻醉藥太強已死掉，但亦有不少已甦醒，所以這刻他身上還有極多的蛇，而且是非常毒的蛇。

禾特守了他的諾言，讓我先審問沙亞。我用靈力呼喚沙亞，果然不一會他就悠悠醒來。維達來之前跟我說過如何處置沙亞必先要跟他商量，我也同意了，所以我不但用靈力召喚沙亞，還同時連接了維達。這樣我們就可以三人對話，但對話的內容又不為禾特所知。醒後的電武士異常沉穩，憤怒但卻冷靜，沒有因被囚而抓狂，可說是氣度不凡。「你想把我怎麼樣？何不直接殺了我？莫耆想把我作各樣的實驗！」

「我只想從你處打聽暗魅的意圖？也希望知道撒加下一步會如何？」

「我為何要幫你？你以為困住我就能令我背叛暗魅大人嗎？」

維達立時就說「我不知禾特會如何處置你，他是一個極可怕的地球人，或許他下一刻就會解剖你。但如你和我們結盟，並且你和你的族人承諾不再侵襲地球，我就保證可以在禾特為你做一些簡單檢查之後就放走你。」維達像是一早已想好要和沙亞結盟，完全沒問我的意見，也沒問過禾特是否同意，就這樣跟沙亞說。說罷他還刻意望去在巨型膠囚室外那班不停在準備手術工具和儀器的工作人員。

「放我走！恐怕你的同伴不會同意吧？」沙亞冷冷的望了禾特一眼，再望向我，要知我意下如何。

我立時想起辛格和凱利。辛格總是拿著那副殘舊的象棋，四處找人和他下棋。那副棋已殘破到連象和卒也分不清楚，但辛格還是不捨棄用，因為這是他爸爸送他的最後禮物。辛格若找不到人與他下棋，甚至會拉著俊雄下他並不熟悉的中國象棋。凱利並不喜歡下棋，特別和辛格下棋，因為總不能勝過他。但凱利卻喜歡猜謎，辛格為了讓凱利陪他下棋，就會在網上搜集不同的謎語，以交換讓凱利陪他下棋。一天我聽到辛格問凱利"What has a head and a tail but without legs?"

凱利衝口而答「是蛇！」

哪知辛格答「不是，是你口袋中的毫錢。」

這令我立時想到他兩人慘死，我真的要放過沙亞，並與他結盟嗎？

維達見我面色閃爍，估到我的心思。就在我耳邊跟我說「你當以大局為重。辛格和凱利的死，我們都難過。但若換來地球的和平，兩人的犧牲也總算有價值吧！」

我還是有所猶豫，維達再說「死者已死，你要以地球千千萬萬人的性命為念！」

我無可反駁，卻立時想到凱利問過的一個謎題"What disappears as soon as you say its name?"

答案就是"Silence"，這一刻我只能沉默。

維達跟著就對沙亞說「放心，他絕不會反對的！只要你答應你一族不會傷害地球，我們就結盟吧！」

我想儘管我答應了，但恐怕沙亞也未必會應允，哪知沙亞竟然說「好的，我們就結盟吧！」

這大出我意料，難道他真的害怕被禾特解剖？但我想如果電武士承諾他的蛇族不會危害地球的話，那地球無論如何都會避過一場浩劫。

我們三人一直用靈力對話，但沙亞突然斷開了維達的連接，只用靈力跟我說「你準備好沒有？」

當然電武士沙亞並非害怕被肢解，他並不怕死。究竟單單的巨大膠囚室再加上強力的麻醉藥是否真的就能困住他，也是個未知之數。就算真的能把他困住，沙亞相信他的族人還是能把他救出去。他真正害怕的是錯失了機會！並不是每個人都願意服侍獨裁者，更遑論是異族。他和他的族人服侍暗魅，還是因為害怕像熊族般被滅族。他這次單獨來到地球，是為了要試探我的實力，就像風武士道格拉斯一樣。只是蛇族沒有鷹族的高科技，手中的牌更少，所以他必需要更低調、更小心。

他這次來就是要試探我的實力，如我敗於他，那他就會將我交予暗魅領功，而他的一族就只好繼續專一服侍暗魅。但如我能脫困取勝，那他就看到了不同的選擇的希望。那他願意結盟是否就是他認為我的實力已足以挑戰暗魅？其實這刻還是個大問號，只是我是他和族人改變現狀的唯一希望，他願意放手一搏。

我明白他的意思。我沒回答他，但還是輕輕點了頭。他的問題，我自己也自問過了多次：「究竟我準備好了沒有？」但我沒有答案。

「既然大家已結盟，你能提供一些有用的情報嗎？那我才能說服禾特把你放走」斷了連接的維達唯有開口問。

「我不知暗魅的想法，沒有人會知道，我也不知撒加下一步行動。但我還是有有用的情報提供與你，你一定會感興趣的」沙亞再用靈力跟我倆說。

由於我們三人一直用靈力對話，我向在膠囚室外監控的禾特示意，在查問沙亞過後我會跟他分享情報。

「你有甚麼我會感興趣的情報？」維達問。

「我來地球突襲你，但我對地球一無所知，如要成功，就要有嚮導」

「西門費特！」

「正是！亦是他獻計要活捉你的朋友，以她為餌。不單如此，為免被你們發覺提防，我難以在外隨意行走，捉你女友的事自然也要由他

光 與 暗 之 戰

下手。只是費特見我被捉，這刻必是躲在某處，至於他躲到哪裏，我也無從得知」

他續說「不單如此！我確不知撒加下一步會如何，但我知索羅會帶著四位金盔甲戰士短時間內前來地球，為的是就是捉拿你！」

「索羅是誰？」

「正是殺你媽和朋友的那隻狼人！」

我沒再說話，或許是我根本無法說話。數分鐘前我才放下復仇的念頭，但這刻我全身熱血沸騰，復仇的意念再次經血液流遍全身，我感到全身抖震，雙拳緊握，指甲甚至已陷進肉內。我多年來要找的仇人就快到地球了。

「我怎知你說的是真話？」

「或許別人都會說我陰險狠毒，但我就是不說謊，你信就信，不信也罷。」

我沉默了一會，定過神來說「我信你！你這信息對我很有用，只要你守承諾不再傷害我身邊的人，不再與地球為敵，我也會守承諾放你回去」

「那四位金盔甲戰士是甚麼人？」維達這時問。

「十二暗黑戰士就是暗魅的近身侍衛，他們分作四金、四銀、四灰盔甲戰士，他們的戰力雖然及不上我們七武士，但絕不可以小看。如果他們三四個同來，你絕非他們對手。」

沙亞續說「我們雖已結盟。你的朋友，我當然可以不再攪擾，但會否侵略地球，不是我可以決定的，而是要看暗魅的意思，如果我公然違逆他的意思，我全族人都會有危險。所以我只可以拖延。可以肯定這次我失手被擒，代表你已威脅暗魅，暗魅絕不會罷休！我想除了四位金甲戰士，蝠族的火武士也很快會到地球，暗魅手下其餘的八位暗黑戰士也可能會來。那時你和地球肯定難以力敵，莫想摩比和卡卡迪達能救你出危難脫困。但我可給你一個建議，如果你、我都不在地球，他們就沒有來地球的原因，或許會為地球帶來暫時的平安！反之你一天在地球，你身邊的人都難以安寢。」

　　我默默細想他這句說話，但當我再想仇人漸近，就霎時熱血沸騰，也沒有空再思考其他問題。正在苦惱要如何捕捉費特、擊殺索羅，沙亞再次單獨跟我說「我看你也太天真善良，勸你一句，你莫要信任任何人，更不可以只看表面，無論你如何厲害，恐怕也難敵詭計！」

　　我再次默然，並不自覺的微微點頭。

　　「謝謝你的情報，請在此暫住一會，如禾特的工作人員來為你抽血，也請忍耐合作，請相信我們，給我一點時間，我們很快會放你走」我說。

　　這刻我滿腦子是問題，如何捉費特？如何捕殺索羅？如何勸服禾特放走沙亞？一時我都不知如何處理。既然都想不通，我索性甚麼也不想，一心只想回去見安娜。維達亦已達成了結盟的目的，他就與禾特交涉要確保沙亞被善待。禾特本想跟沙亞做一系列實驗，但在維達交涉下，承諾了暫時只為他抽血。禾特願意妥協，除了因為維達說會提供有用的

情報給他，維達的父親的強勁軍事背景，也令禾特不想公然與維達為敵。但之後禾特會如何對沙亞，還是未知之數。

之後維達就跟禾特分享了火武士和四位金甲戰士會短期來地球，著他通知各國好好準備，臨離開前我再三囑咐禾特要善待電武士。雖然沙亞曾捕捉安娜為餌，但我總感覺他不像狼武士撒加，不像撒加般兇殘，誓要擄掠殘殺地球。他與我為敵恐怕還是受到暗魅指使，只要他不再攪擾我的朋友，我倆對立的意向並非深不能解。

走前我再嚇嚇禾特，「莫想要給沙亞如電腦素描般的檢查，讓有電的東西接近他，後果難料，你只會自討苦吃！」

我沒叫禾特幫我尋找費特，如果他幫手會事半功倍。但我情願找鬼塚幫忙，我更信任他們。

我回到總部時我立刻拜託鬼塚尋找費特，跟著已是晚餐的時間，進餐時，安娜本要坐在我旁，但蘇菲硬要坐在我另一旁，說我剛戰勝並活捉電武士，要聽我的英雄事跡。本來她康復後，維達就建議聯絡福利機構，將她接走，為她安排個家庭領養。但蘇菲堅持要留下，一來她已剛剛十八歲，二來她一直幫忙為眾人執拾地方，令這裏由凌亂變得更齊潔舒服。所以眾人就暫時擱置送走她的主意。眾人只當她小女孩，對她不太在意。這晚大家都將焦點放在安娜，都向安娜問好，安娜也好像胃口不錯，並豎起拇指讚俊雄燒的菜好吃，俊雄露出滿意的笑容，「服輸了嗎？那不用比試了吧！」

安娜有點愕然，摩里斯連忙說「小氣鬼！要比也等安娜完全平復才比吧！她才剛回來，驚魂尚未定，你就想撿現成便宜嗎？」

「好啊！我當然可以等。但她剛才的確讚了我燒的菜，不容抵賴」俊雄還是露出得戚的笑容。

飯後安娜在總部內四處去逛，她還特別去看了鬼塚在做甚麼。這次回來後，她並不多說話，她說是喉部有點不適。而且回來之後，她好像對才剛發生的事情大多忘記了，眾人問她發生了甚麼事，如何被捉？如何出現在蛇洞的經過，但這些安娜都說她全記不起來，醫生說這可能是過度驚嚇導致短暫失憶，應該慢慢就會好轉過來，但幸好她精神還不錯。我本想在睡前找她相聚，但蘇菲卻一直跟在我身旁，不停問我和電武士對戰的情景，令我始終找不到和安娜單獨相處的時間。

跟著維達拉著我說有事要跟我商量，但我自受傷甦醒過來後，就一直沒安歇過，今天又經過情緒的高低起伏，此刻真的感到身心睏倦，而且蘇菲一直跟著我，為了擺脫她，我索性跟維達說我要休息，一切明天再說，說我會明早再找他。維達雖有點猶豫，但見我一臉睏倦，傷又未全好，也就叫我好好休息，明天再來。蘇菲聽到我要休息，也只好回去自己的房間。

由於心身睏倦，也不欲打擾安娜休息，我就直接回房去睡。哪知我身體雖然疲倦，但我剛睡下床，腦袋還是轉個不停。如何找到費特？如何捕殺索羅？如何勸服禾特放走沙亞？放走他對地球來說又是否好主意？這幾個問題就不停在腦中盤旋，叫我如何能睡？我想地球才剛逃過了一次浩劫，又可能迎來另一次浩劫，這樣下去地球始終會失守。究竟有沒有方法一次過解決這些危難呢？

還在苦惱的時候，突然有人敲我的房門。

「誰？」這刻已夜深，不知誰在找我，我恐怕又是蘇菲。

「是我，安娜！」我不禁舒了一口氣。

我忙去開門，剛開門，安娜就上來擁抱著我，「我好掛念你，你又不來找我！」

「我也掛念妳！只是這天情況有點混亂，我亦有很多事需要思考」

「我明白，你要拯救地球，當然就忘了我吧！」

我對這突如其來的撒嬌，有點不知所措。「對不起，我想妳應多點休息，所以今晚沒有找妳」我說。

「你忽略我，你要補償！」

「我要如何補償？」我說

「我要你今晚陪伴我」說罷就吻上來。我倆就熱吻在一起。

我倆熱情激發，難以自恃，安娜更伸手解我的衣鈕，並把我的手拉到她胸前。

當一切順理成章再進一步時，我用我僅餘的意志稍稍推開安娜。

「怎麼？你不喜歡我嗎？」

「喜歡！非常的喜歡！我真的喜歡妳，但……」

「那為甚麼？」

「我也不知，只是覺得……只是覺得……」

「覺得甚麼？」

「我不知，就是覺得不是時候！」

「你不愛我嗎？」

　　我還未及回答，突然我的房門被踢開，「光哥哥當然不愛妳！」說話的竟然是安娜。

第八章
迷惑

霎時有兩個安娜出現在我面前，我真有點不知所措。但我還是問了面前的安娜「妳是誰？」

「我就是安娜嘛！」說時並稍稍後退。

「光哥哥，不要被騙！」另一個安娜說。

「妳應不是安娜！雖然妳的樣貌和聲音也像。但妳的行為細節一點也不像」

「我真的是安娜呀！」面前安娜說罷，她突然發難，衝向門口的安娜，並不知從哪裏抽出一支噴霧向那安娜噴去。那安娜本亦有準備，向旁急閃，但仍然沒能完全避過噴霧，霎時就有點搖晃。

由於我還有點猶豫，所以我出手時已遲了，只見那假安娜身手極快，已一把將真安娜脅持，也不知她從哪裏抽出一張刀，這刻把刀架在安娜頸部。我真後悔沒有立刻出手。

只見那假的安娜說「想不到還是被你發現了。但不緊要，這小婊子在適當的時候送上門，再次給了我機會。」

「妳想怎樣？放了她，我也可以放妳走。若妳傷害她，我要妳不

得好死！」

「你不用威嚇我，如你合作，我亦不會傷害她。你用這支噴劑向自己噴。我答應你，不會傷害你倆。我只要你一點血液就離開」說著就把噴霧拋過來，自己反把安娜拉後兩步。我一手接過噴霧，這明顯是強力的迷暈藥。

「光哥……哥……莫……要……應……承……她」安娜雖不能完全避開噴霧，但還是避開了大部份，雖感到頭暈，但仍有知覺。

「小婊子，上次沒有劃花妳的臉！妳再說話，我立刻就做。光永照你不想她受傷，就快噴！」

我不容安娜冒險，若果我真的向自己噴迷暈藥，這假安娜肯定不只要我一點血液這麼簡單。但這假安娜還是看輕了我 – 光武士。她不知我有能力控制生物。我以往不用這能力，因為我不屑用。這刻我立時就用靈力鑽進她的腦中，控制她放下刀。明顯見到她在掙扎，但畢竟我還是第一次嘗試用靈力控制人，而這假安娜的意志頗為強大，我竟未能成功。

眼看她要一刀割下安娜的咽喉，但最終她還是失敗了。沒錯我未能成功控制她，但要控制死物我就易如反掌。刀雖然握在她手，但縱使她出盡了力，但卻仍未能移動刀分毫。

她轉數甚快，既然未能移動刀子，那就索性把安娜推向刀鋒。不過我也將計就計，用靈力把刀大力拉向我，由於她正與我角力，那麼她把安娜推前的動作，就煞不住，變成把安娜向我處推來。與此同時，我

用靈力把我手中的小瓶,凌空的飛到她面前,並跟著對著她噴了一噴,不用兩秒,她就倒下,倒下時,表情還很錯愕。

我急走過去,扶起真的安娜,我把她放到床上,她這刻神智略有不清,但還有意識。

「妳沒事嗎?」

「沒......事......。」她說得有點吃力,最後還是昏睡了。

「妳先稍稍休息,一會兒我帶妳去見醫生。」

我轉身去看假的安娜,我有易容的經驗,知道只要戴上仿真度高的假面具,有時真的叫人難分真假。但她戴的這種假面具的質料很特別,一般物質都是冷縮熱脹的。但這種物質在 35-40 度時會熱縮冷脹,就像水在 0-4 度時會熱縮冷脹一樣,所以在體溫下它跟皮膚很貼合,不易看到破綻。我利用摩比教我的技巧,把溫度降了十度,輕巧就把假面具拉下,並發現在面具的下面近喉頭處,有一小粒子,看來就像是一個變聲器,怪不得她喉部會微微隆起。我拉開面具後,發現原來這就是曾引誘我的那美艷女性,我不知她的名字、也不知她的背景。我一提手,牆上掛著的手巾就向我飛來,我就把她綁在椅子上。

安娜悠悠醒來,這刻我和安娜緊緊相擁,感覺仿如隔世。我們本有很多話要說。只是要先處理那假安娜,我們就把假安娜暫時反鎖在總部的一間雜物房中,容後再處理。眾人對伊蓮娜的易容都讚了不起,連眾人都看漏了眼。伊蓮娜就是那假安娜的名字,是安娜告訴我知的。為穩陣起見,我安排了光戰士輪流把守。我亦叫了基地內維達派駐的一個

醫生給安娜檢查，再托付維達明天找最好的醫護來照料安娜。

由於已是夜深，各人均各自去睡，我不放心，再到安娜房間望她，要看看她的情況如何。

「光哥哥，你怎知伊蓮娜是扮的，不是我？」

我想起剛才的情況有點忸怩。於是我說「她太直接，妳較含蓄。」是的。安娜雖然獨立果斷，甚至在感情上的事也較我主動，但當涉及男女之愛時，還是不會像那女特務般隨便。

「那女特務叫伊蓮娜麼？妳怎識得她？她又為何會被電武士所捉？」我見安娜精神尚算不錯，禁不住發問，我心頭實有太多疑問。

原來安娜當天真的去了菜市場買菜，哪知她剛離開時，迎面走來一位老婦，撐著拐杖走過來。就在兩人相遇之際，老婦突然失足，安娜忙伸手相扶，哪知老婦的拐杖竟然錯手踩到安娜的腳面上。扶穩老婦後，當安娜剛想離開時，就感到極度頭暈，隨著就不支倒下。

及後安娜終於醒過來了，就發現自己給綁在一間黑房中的椅子上。這黑房頗為簡陋，除了一枱一椅，還有一個木櫃在此，就再沒有別的東西。

安娜明知在此呼喊幫忙，根本不會有任何作用，所以亦沒有呼叫。只是努力嘗試解開綁繩。但綁著她的都不是普通繩索，一時間實難以脫身。

就在此際，大門打開，強光突然射入室內，安娜霎時掙不開眼來，

只隱約見到一位女性走了進來，但由於背光，根本無法看清她的面容。

「醒了嗎？」

「妳為甚麼要捉我？」

「為甚麼？妳先告訴我，是妳美？還是我美？我再告訴妳為甚麼？」說罷，她側過身去，安娜終於能看到她的面，眼前所見的是一個極美艷的女性，就容貌來說似是東歐人士。

「妳是誰？究竟想怎樣？」安娜問。

「我是誰？我也不怕跟妳說，我叫伊蓮娜，妳記著好了！小婊子的確美麗，怪不得他對妳死心塌地。說不得我只可以在妳面上刮兩條疤痕，看看你還可以如何迷惑他。」

這位女性就是伊蓮娜，而伊蓮娜就是那個曾誘惑光武士的美艷女特務。

伊蓮娜是俄羅斯的特工，一向忠於國家委派的任務，及後知道任務是要誘惑一位超級英雄時就更自願投入，她一向自恃美麗，誘惑男性時從沒有試過失利，但這次卻遭永照拒絕，除了未能成功完成任務之外，對她更是奇恥大辱。她一直耿耿於懷，她立誓一定要一雪前恥。她扮作老婦，利用拐仗中的迷魂針把安娜迷暈捉走。

聽她的話，安娜就估到這事和光哥哥有關，但若說是為了爭風吃醋而要把她了並禁固於此，卻又不太講得通。的確光哥哥聲名大噪後，有很多美女爭相作伴，但安娜和永照相愛拍拖，從來都沒有高調張揚，

即使因為勝利巡遊及國宴等，安娜都陪伴在永照旁邊，但在公眾地方，兩人從沒有過份親密。當然不少傳媒也嘗試過訪問過我和常在我身旁的安娜，但永照對感情事絕口不談，而安娜亦一律拒訪。所以除了影子聯盟眾人外，安娜在眾人眼中頂多是光武士的緋聞女友，如說因愛成妒而把她捉來，好像有點說不通。一時搞不清要如何應對。

「為甚麼不說話，害怕到不敢說話麼？」伊蓮娜說話時甚感得意。

「妳究竟想怎樣？」安娜再次問。

「不是說了麼？我會刮花妳的面。放心，我不會殺妳，我會之後再找來妳的光哥哥，我會與他在妳面前做愛！如殺了妳，妳豈不是看不到好戲嗎？」說罷她妖媚的笑。

安娜想果然和光哥哥有關，安娜一刻靜思，說「我跟你打個賭，光哥哥不會喜歡妳的！」

「臭婊子胡說。」伊蓮娜一巴摑在安娜面上。

雖然被摑，安娜一點沒有示弱「其實也不用打賭，他肯定已因為我的緣故拒絕了妳！」

伊蓮娜哼了一聲「少天真，我才不受激將法。只有禾特才那麼蠢，一心只想活捉光武士，捨易取難，哪有男人不愛美女？只要我出馬，不論是哪個男性，還不任由我擺佈！退而求其次，我捉了妳，他就必聽命於我。說甚麼異能蓋世，萬人莫敵，只要人有所愛的人，人就有弱點，就能被打敗。有超能力又如何，看我的手段，輕輕易易就可以把他掌控於手。妳嘴硬，暫時讓妳嘴上贏一仗，總之我會令妳的光哥哥和我在妳

面前做愛！看看妳這小婊子到時還有甚麼話說！」

「妳挨近些，我有秘密跟妳說。」

伊蓮娜略為猶豫再俯身，「有甚麼要說？」

安娜突然發難，一腳急踢向她，但伊蓮娜早有準備，一個閃身就避開，只是安娜踢腳力度之大連腳上的鞋也脫腳而飛出，直飛向木櫃，連櫃門的玻璃門也打破了。伊蓮娜閃開後，跟著反手摑了安娜一巴，「早知妳整蠱作怪，警告妳不要再亂來，否則有苦頭妳吃。」說著就關門出去。

安娜確保伊蓮娜走後，就把自己坐的椅子翻跌，然後再在地緩緩爬行，是要爬向木櫃，她剛才奮力一跳，不是要踢伊蓮娜，而是立心要踢向木櫃，想把木櫃的玻璃門踢爛。只要有玻璃碎，安娜就可以割開綁著她的繩索，眼看快要爬到最近的玻璃碎片。

就當安娜快要摸到碎片之際，門突然打開，伊蓮娜走進來「小婊子不只樣貌臭美、想不到還有點小聰明，可惜的是妳的小把戲逃不過我的法眼。」

安娜沒有理會加快爬前，伊蓮娜說「你可知為甚麼這木櫃要放這裏呢？」說著從開了的櫃中拿出一個盒子，再從裏面取出一支注射器來。「這櫃是用來裝迷藥的。」說罷，從針筒唧出一些藥液出來。

安娜已拿到玻璃在手，正奮力想割開綁著她的繩索，伊蓮娜慢慢的走過來，跟著一手拉著安娜的長髮，安娜極力掙扎。伊蓮娜還是把針插入她手臂，同時安娜也把繩索割斷了……

安娜這刻顯得有點驚恐，想來當時的情況必然相當驚險，安娜緊握我手，喘了口氣再繼續簡述了她脫險的經過。原來安娜割斷了綁繩，翻身與伊蓮娜搏擊，幸好她有武術底子，危急時還是打脫她手中的針筒，由於只剛開始注射，針筒就被安娜打脫，所以她只被注射入極少量的藥物。搏鬥中伊蓮娜一手拾起地下的玻璃碎片，一把朝著安娜頭部插過來。安娜奮力抵擋，兩人在糾纏中，只見玻璃碎卻越發接近，只要再過一會安娜就是不死，也會給割花臉容。危急中，安娜忙拾起地上的針筒急插入伊蓮娜手中，再把剩餘的藥物全注射到伊蓮娜手臂中。由於八成多的藥物都注射到伊蓮娜手中，最終還是她先不支暈倒。只是她在暈倒之際，她手中的玻璃還是不經意割傷了安娜的手腕。

　　安娜雖已迷倒伊蓮娜，但卻先被注射少量迷暈藥，再被伊蓮娜割傷手腕，亦不知她有沒有別的同伴，所以立時就奪門逃走。逃走進了密林後就撕破了衣服包紮了手腕傷口。這傷雖沒致命，但安娜因身中迷藥和失血不少，令她在密林中暈倒了半天，醒來後還要在密林中擺脫伊蓮娜的同黨追捕，走了大半天才成功逃脫。最終及時在我被迷惑時出現。

　　至於那個假安娜，在她甦醒後，四出尋找到真安娜也找不著。索性爭取時間，按原來計劃，她早在迷暈安娜時就按她面容做了假面具，於是就扮作安娜，直接到聯盟總部，一心要將我騙到手。同時召喚她的同黨到林中搜捕安娜。哪知她才到聯盟總部附近，就給費特迷暈捉走了，再交給沙亞為餌。其實從沙亞處救回假安娜後，維達亦發覺她舉止有異，眾人對安娜的行為舉止不會太留意，但維達卻是例外，只是他雖發覺不妥，但卻從沒想過有人會假冒安娜，而且假安娜的易容實在出色，連我也難以察覺。

「那女特務叫伊蓮娜，是俄羅斯的女特務。就是她捉了我。據我所知，她有一個非常特定的任務，不知她成功沒了？」安娜露出有點狡獪的眼神。

我急說「我們甚麼也沒有做呀！」

「做甚麼？」

我再次感到尷尬異常，「妳怎會被俄羅斯特務捉了？」我忙岔開話題。

「還不是為了你！你的異能每一國都想得到，但每一國都忌憚你的異能，不能用強，那只好向你身邊的人埋手。」

聽罷我面色一沉，想起沙亞的話來，沉默了一會，說「妳既然逃走了，怎麼這麼久才回來？」

「我雖逃走了，但伊蓮娜的同伴還有來追捕。可幸我昏厥前躲在森林中沒被他們找到，醒了後我又花了不少時間擺脫他們，並且能及時趕回！」她說「及時。」兩字時刻意拖長了，又面露狡獪微笑。

我急忙再轉開話題「可惡！下次見面真要好好教訓她們」

「你捨得麼？這麼美艷的女性向你投懷送抱，你真捨得麼？」

救命！只兩句話又回到了這話題上，我知道是避無可避，就索性使賴，突然叫道「唉喲！好痛！」

「甚麼事？你哪裏好痛？」

「都是妳不好，昨晚我夜行時跌倒，所以腳上甚痛！」

「你真的跌倒？那為甚麼是我不好？」

「當然是妳不好！妳若回來，星光照路，無論怎樣走，我也不會跌倒。但妳不回來，所有星光都變得黯淡，夜行如何會不跌倒」

安娜噗嗤一笑「你當我是無知少女嗎？你欺騙這麼多少女，就不怕會被上天懲罰沒有女孩肯與你交往嗎！」

「沒有女孩肯與我交往？也不打緊！那我們跳過交往，直接跳到結婚吧！」

安娜再次綻放笑容「鬼才嫁你這無賴！」說罷挽著我的手臂，把頭也挨到我肩上。

我本來並不輕佻，但不知怎的，只有對著安娜，我才會變得輕佻，又或可能是我本性輕佻，只是對著安娜才能做回自己。但輕佻過後，我還是正色道「不要胡思亂想，我承認伊蓮娜是很大的誘惑，此事若在一年前發生，我早已難以自恃。但現在我心中只有你！除了我母親外，實在容不下別人。」

「那麼你的月妹妹呢？」

「妳早就超越她了！」放過我吧！看來無論甚麼性格的女性，去到某些情境位置，反應還是相若。不過我這句話也並非說謊，我相信我永遠都不可能忘記月，但現在在我心中首位的的確是安娜。

安娜再露甜蜜微笑，「你知否我被捉時，我有多害怕再見不到你？」

「不會的，無論妳去到哪裏，我也能找到妳。」

兩人默然相視，空氣中彌漫幸福的味道。

安娜還是有點虛弱，我原想讓她早點休息，但她不想我走，一直拉著我的手，我就坐在她床邊，跟她東拉西扯的談了一個晚上，直至深夜，她才在不知不覺間睡著，但仍緊握我的手，我也身體睏倦，於是索性爬到床上，從背後擁著她，沉沉睡去。

天剛亮，安娜還未醒，我想讓她多睡一點，我就輕輕離床。我立時就去找禾特。我要問清楚沙亞，費特最後的藏身之處、更多的索羅資料及要與禾特商討釋放沙亞的事宜。

我去找禾特前還開了一個小型圓桌會議，與各人商量此事。除了維達，保羅、鬼塚和摩里斯一致對於釋放沙亞有所保留，怕他再次與地球為敵。摩里斯說「放走蛇妖又沒法控制他絕對是個錯誤，反之如能控制他，令蛇族站到地球的一邊，那又作別論。」而鬼塚和聯盟各人對辛格和凱利的死還是耿耿於懷。

鬼塚說「如果放走電武士，如何向辛格和凱利的親友交待？就是多明尼克和智旭也肯定會抗議吵鬧！」原來多明尼克和辛格友好，智旭就和凱利熟絡。鬼塚知道要避免引起星際戰爭，但還是建議要囚禁電武士。

維達說「辛格和凱利之死確令人痛心，但如我們殺了電武士以報私怨，地球和蛇族就會結怨，就是囚禁他，蛇族也不會輕易罷休，只怕此後會戰禍無窮。我想大家應以大局為重！拯救生命豈不比報仇更有意

128

義嗎？」他剛說完此話，我就沉默起來，若有所思。

安娜望了我一眼，接著說「雖然對放走沙亞，我也有所保留。但若將來真的要與暗魅為敵，單靠光哥哥和地球的力量，絕對不夠，能多一位朋友，少一位敵人肯定有幫助」

維達最後還是力排眾議，說服大家與沙亞結盟會利多於弊，我直覺覺得杜格拉斯和沙亞都不是想與我們為敵，只是為暗魅所逼。最後大家雖然覺得這決定的確冒險，但都同意多一位朋友好過多一位敵人。而且對於維達的堅持，大家都不想違逆。

我本在愁要如何說服禾特，或是要用甚麼跟他交換沙亞。哪知我回到禾特處，真的嚇了一跳。只見那五層的基地，超過百多間房間內已空無一人。沙亞不見了，禾特不見了，甚至所有人都不見了。

其實上次我和維達離開的時候，也簡略跟禾特說過希望與電武士結盟的想法。果然禾特不願放走電武士，活捉電武士對他來說是一件大功績，他絕不會輕易捨去。而且放走沙亞，只是維達一廂情願，而事前全沒經過與禾特的協商同意，我們也難怪罪於他。但我覺得既然我們已結盟，就要守承諾釋放電武士。所以我嘗試感應沙亞的靈力，只要他還在地球的話，以他靈力之高，我就應感應到。可是這刻我卻感應不到他的存在。莫非他再次塗上那種能遮蓋靈力的物質？又甚或是已被解剖？

其實那種能遮蓋靈力的物質正是龍族聖河內的水。我問過保羅，這水能掩蓋靈力，但乾了後就必須重新塗上，否則效用不會多於一天。他這刻被擒，能持續塗上河水的機會極微。那麼唯一可能就是沙亞被深度麻醉又或是被藏在地底深處，以至他的靈力大大減弱。

既然感應不到，我和維達就回到總部，希望鬼塚能幫忙追蹤禾特。鬼塚當然願意幫忙，只是多明尼克說「要追蹤禾特嗎？但我們才剛達成君子協議，這麼快就要破壞嗎？」

　　我再次無言以對，我實不應叫他們先打破協議。本來黑客與特務頭子協議就有點不倫不類，只是當時情勢危急，不得不如此行。但此事事關重大，不能再等，我就叫鬼塚先找人，其他的事再後議。

　　跟著保羅就收到摩比的通知，蝠族的火武士和 4 位金甲戰士，很快就會到地球來，為要救回電武士。唯一的好消息是，從規模來看，這次不是大規模的侵襲，而是單純拯救電武士的行動。

　　我雖然之前約略從沙亞處聽過金甲戰士，但我還是問保羅「甚麼是金甲戰士？他們的實力究竟有多高？」我只數次聽過他們的名號，但對他們所知仍甚少。

　　「暗魅有十二個近身侍衛，分別是 4 金甲、4 銀甲、4 灰甲戰士，合稱 12 暗黑戰士，也就是暗魅的戰士。據聞這次來地球的就是 4 金甲戰士，他們分別是獅戰士、犀戰士、鱷戰士和鯊戰士，他們都用不同的激光武器。這 4 位金甲戰士分別來自獅族、犀牛族、鱷族、鯊族，他們除了狼族外，絕對是宇宙中最兇猛的民族，亦即是你在地球上見到的獅子、白犀牛、鱷魚及鯊魚。只是比地球上的這 4 種動物更兇猛，除了白犀牛，其餘的都是極可怕的捕獵者，他們在宇宙中的親戚就更兇猛異常。4 位戰士的靈力僅次於宇宙七武士，如果真的 4 位同來，再加上火武士，你一個絕難力敵」

　　「可否也告知我關於火武士的事，我想先了解我的對手」

130

「火武士才是你最大的對手，他顧名思義能掌控火，他的武器是激光鐮刀。他可說是七武士中最可怕的一個。他第七感之強勁，我想只有卡卡迪達才能比擬。你和卡卡迪達上次比試時，我不說，你也心裏明白，他是留有餘地的。我也知道摩比教你使詐，你使用了摩比教你的技倆，才能勉強過關。但火武士不會留有餘地。所以這次會是你的最大考驗。」

「而且他和土武士撒加一樣，同樣有樣東西令人深深恐懼。」保羅續說。

「是甚麼？」

「同樣是改變其他生物 DNA 的能力。狼人會吃人，蝠族人就獨愛飲血。狼人咬人後，他的唾液中的細菌會將人變成狼人。蝠族人吸人血時會將唾液吐回受害者令受害者的血液難以凝固，方便他繼續飲用，他的唾液同樣含有和狼族人相似的細菌，同樣會改變人的 DNA，把人同樣變成吸血怪物。只是他們的唾液中的細菌比狼族的更厲害。」

「怎樣厲害？」

「狼族人唾液中的細菌雖然能把人變作狼人，但需時最快要半天至一日、甚至數星期，視乎你體內有多少細菌，這轉換平均也要約數天。但你一旦為蝠族人所吸血，只要十數分鐘，你就會有嗜血的習性，你不會變成一隻蝙蝠，不會變得和他們一樣，但你會變得嗜血，和一般蝠族人一樣」

「那真的恐佈！」 我在想怪不得地球上有吸血鬼的傳說。

「火武士已經令人頭痛，但如摩比能及時趕來，你們兩人以二對一，自能取勝。但 4 位金甲戰士一同來的話，我們形勢就處於絕對劣勢。」

我默然，細想面前這一關要如何才能度過，不禁自語「那我們該如何防禦呢？」

「不要多想！我已聯絡摩比，亦叫他聯絡卡卡迪達。如果卡卡迪達也能來援，我們就可以打成均勢，若再加上兩位光戰士，我們還可說略佔上風。所以你要加緊訓練光戰士盧卡斯和亞祖安，他們已有你三四成的威力，只要多加訓練，或也能抵擋一兩位金甲戰士，而我就急召摩比和卡卡迪達來援！」

「就這樣決定！」

第九章
背叛

　　第二天醒來，我聯絡了馬菲斯上將，希望他們叫禾特交出電武士，以免令地球再陷戰爭中，但馬菲斯上將只是含糊其詞，說他與禾特隸屬不同部門，他也不能指令禾特，但他會將此事直接報告總統，以求他發落。而維達亦向政府大力施壓，以求盡快釋放沙亞。

　　之後我就去找盧卡斯和亞祖安。我本分派他們看管伊蓮娜，這刻我已別派他人看守。至於伊蓮娜我亦沒空細想如何處置，這刻還是以訓練光戰士為先。但見兩人的進境自從上次月球之戰後，就沒有再進一步。盧卡斯和亞祖安在月球之戰後就已成功進化了兩次，其實兩人的靈力已差不多有我的三成及四成。而來自法國的伊薇特、非洲的奧祖、美國的積遜三人雖也成功完成了第二次進化，但靈力還不及我的兩成。

　　剩下只進化了一次的七十多位戰士要再成功進化就未必可以這麼容易，一切還有待保羅進一步探究和改良方法。

　　我把奧祖和積遜也叫來，我一同訓練四人，至於伊薇特，為免跟她糾纏，我沒有叫她，反指派她訓練其他的光戰士，她雖想接受我的訓練，但也樂意充當教練指導其他人。我就如上次被訓練時一樣，先訓練他們隔空取物，也教他們運劍之道。四人之中，我又較集中訓練盧卡斯和亞祖安。希望他們能對保護地球有所幫助。他們四人也很努力，但四

人中，以亞祖安表現最積極，他依舊一樣，並不多聽我的指導，只是勤奮練習，我也習以為常。但每當奧祖問我問題時，他就在旁刻意苦練。只可惜，四人雖然努力，但進度還是緩緩的。

我亦叫鬼塚重新追蹤，希望可找到禾特的影蹤。只是禾特、費特等人都好像消失了般。

過了兩天，我再去找馬上將，卻突然收到一個電話，是禾特打來找我的視像電話。

收到禾特的來電，感到有點詭異，一個特務頭子打電話給你，總不見得是甚麼好事？難道是馬上將施壓成功？但終於能找到他，總算是好消息，電話中禾特果然說明願意交出電武士，但有兩個條件要我答應。

「你要我答應你甚麼？」我心裏在想不知禾特又做甚麼把戲。

「很簡單。不犯法，你一定辦得到⋯⋯」

「我答應你！」我猶豫了一會，但我還是答應了。

約了交接時間後，我回到影子聯盟的居處後，本想找伊蓮娜來審問，她已被關了數天。我身邊有很多隱形的敵人，故我希望知道更多各方可能隱藏的敵人資料，所以我就去了審問她。當然我絕不會對人施以酷刑，但最近我學懂了一件新事物，就是只要能連接某人，就能鑽進他的腦袋。雖然無法看到他腦中的一切，但還是會看到點點滴滴。我想要知道她的背景底世，應不會太難。她曾綁架安娜，我亦差點被瞞騙。鑽入別人腦袋這些招數，我絕不會對一般人用。但對付敵人，我總要知道

她的底世。

　　哪知我剛回到總部時，多明尼克就跟我說，本來鎖著伊蓮娜的房間，房門竟打開了，伊蓮娜也不見了。我和安娜急走去房間看，只見門鎖被劈爛，切口齊整，伊蓮娜失蹤時，本是積遜守在門口的。但積遜說他剛巧去了洗手間，哪知回來時，鎖已被劈斷，伊蓮娜亦不知所蹤。

　　只見安娜看著斷鎖靜思。在基地內部沒有安裝閉路電視，所以誰也不知道她如何走？何時走？

　　我想既然已逃走了，暫也不用再追究。只是敵明我暗，要小心提防就可以。回到房間，我正想提醒安娜要萬事小心，但反而是安娜先提我小心。

　　「不用擔心我，特務的技倆對我起不了作用！反而妳要小心點！」我說。

　　「不是的！不是要你提防伊蓮娜，是要你提防我們有內鬼！」

　　「怎麼？」

　　「明顯伊蓮娜不可能從裏面劈開鐵鎖，再逃走的，必須要有人從外面放她出來。而且鐵鎖的切口平滑，想是被利器一刀所割」

　　其實我也有近似的想法，只是不願相信我們中人有內鬼一事。「那麼你說會是誰？」

　　「不肯定，影子聯盟中任何一人也有可能。而曾來過這裏的十多位光戰士也有可能。」

光與暗之戰

雖然我曾比威廉出賣，但仍不想去懷疑聯盟內的人，我不愚蠢，但我不喜多疑，我覺得處處要提防別人的日子，會使人身心疲累，特別要防避你身邊的朋友。我沒有親人，朋友就是我的全部，若要猜疑身邊每一個朋友，這樣過日子的話，實在會令人活得厭惡，我絕不希望這樣過活，所以我選擇相信。但我明白若我對所有人都盲目相信，我就是真愚蠢，所以為了我身邊的人，我希望能找到一個平衡。

　　安娜看著我苦惱的神情，就道出重點來「你不喜懷疑人吧！」

　　「是的！不停的疑惑身邊的人太令人疲累了！」我的性格本來就簡單直接，要信就信、疑人就勿用，處心積慮，處處防備的不是我的性格。

　　安娜輕撥我的頭髮，「早知你的性格如此，保羅的身份來歷不明，但你就對他推心置腹，從不懷疑他。」

　　「我也不是所有人都相信的，我對很多人都有所防備，但保羅是我的朋友，我當然信任他了，難道妳懷疑他嗎？」

　　「也不能說懷疑，保羅的確毫無保留的幫助你，只是他的來歷太多疑問？」

　　「要連朋友也不能信任，那做人實是太累了！我不喜歡這樣！」

　　「你的性格真誠簡單、能力卻又異常強大，在這污濁奸險的世代、人心叵測，會異常兇險的」

　　「那妳還跟著我，那妳不是也有危險嗎？」我微笑說。

「我就是喜歡你簡單真誠的性格，我還記得初次重遇，你就直言不諱的跟我說你是匪幫首領。你之前的遭遇，你也毫無保留的跟我說了。你的坦白，不假詞措，總令我感到舒服安然！你對人的信任，雖然我有所保留，但我也同樣欣賞，你的朋友未必就比我多，但你的朋友肯定會比我的更忠誠、更親密。身處亂世，總也不能所有事都擔心，我也只好處之泰然！」說完就把頭挨進我的懷中，緊抱著我，我也擁著她。我面上雖微笑，可是心中卻不斷在琢磨她的話。

一刻後，「我們要通知鬼塚嗎？」

「暫時不用，我們還不知內鬼是誰？一早通知眾人只會打草驚蛇」

「那我們一切小心在意吧！」

安娜點點頭。從那天起我就留意眾人的小節，只見大家仍會哀悼辛格和凱利，其他時間就一切如常，多明尼克還是會如常的跟俊雄鬥嘴，智旭還是一般的貪吃，光戰士四人也一般的勤奮練習，其他眾人表現亦一如平常。蘇菲和伊薇特也跟我一般的糾纏。

過了一天，禾特邀請我到另一個非常大的地下實驗室，抽血給他們化驗，然後我就會接管沙亞。禾特的兩個要求，其一就是要研究黃血，那當然就要我提供大量的血液。這點對我來說，絕不是問題。只是他提出第二個要求就有點困難，他要求我們提供一百隻速龍、十隻翼龍、一對暴龍來交換電武士。

原來禾特真的把電武士埋藏在地底深處，並隔以極厚的鋼板，再被長期麻醉，幾樣原因加在一起，所以我一直未有感應到他的靈力。本

來這已到手的寶物他說甚麼也不會交還，但很快他就知道以七武士的能力，不是他可以輕易禁固的。

有一次他隔著玻璃觀察電武士，邊喝著咖啡、邊思考要如何利用這寶物，哪知電武士的麻醉藥已漸過。沙亞用靈力一把將禾特的咖啡倒向他自己，將熱燙燙的咖啡潑到他一臉都是，令他痛得呱呱大叫。而他的手下告訴他，只要麻醉藥力一過，電武士就能隔空移物，他的一位手下，拿著針筒想為沙亞注射麻醉藥，更被沙亞的靈力把針筒直接插在腦袋中死亡，因此囚室就改用了麻醉噴霧來迷暈他。他手下的醫生說，若不用重量的麻醉把他麻醉，電武士會極危險。被電武士用靈力控制用鉛筆自插而死的也有數人。但他越來越能抵抗麻醉藥，所以要用越來越重的劑量，醫生說電武士始終是生物，他擔心若用藥過重，會意外把他殺掉。但若用藥不夠，就會危及現場的所有人。

當初禾特的如意算盤是禁固電武士做研究，同時也挾持他作人質。但若把他誤殺了而引起星際戰爭的話，這就絕對是一單賠本生意。所以他落重藥又不可，不落又不可。進退兩難之際，就想既然所有對電武士的基本研究已做過，不如就把他交換一些更有價值的物事，就正是我的黃血和南極地底的各種恐龍，這些恐龍他早見過牠們的威力，正是他夢寐以求的殺人武器。

本來我對要以各種恐龍交換沙亞也是有所保留的，但細想之下，他要求的百多條恐龍加起來的威力恐也不及一位電武士，更加莫能與整個蛇族相比。而且要控制恐龍絕不容易。我叫保羅做了個弱化版的腦電波加強器交給禾特，令他要控制恐龍變得更加困難。我亦跟他說由於南極冷藏的恐龍為各國所監視，要取回恐引發國際事件。所以我叫保羅重

新複製一批新恐龍交給禾特，不過這批新恐龍並沒有經過加速成長，所以禾特收到後，還需經歷好一段時間讓恐龍成長，這也令我們多點時間思考應對的方法。所以我思前想後，還是覺得這是一單只賺不蝕的交易。

交易當天，安娜本要求與我一同前往。但我堅持安娜不要一同去，她是唯一沒有異能的，若有事發生，我不想分心照顧她。安娜就在我們出發前，把奧祖拉過一邊，低聲跟他說話，也不知她說了甚麼。跟著我們就出發了。為了提防禾特使詐，保羅、盧卡斯、亞祖安、奧祖也和我一起去。即使禾特使詐，我們四人都絕對能應付。本來積遜也一同出發，但臨出發前，他卻跟我說他病了，所以未能同行。我感到有點奇怪，因為黃血人都甚少病，不過我這刻我也沒有時間深究。

禾特這刻帶我們到另一個同樣龐大的地下基地。在這地下室基地中，他們按計劃為我抽血。抽血前，我問「如何保證你抽血後，電武士就會交給我們」

禾特陰沉的面孔冷笑了一笑「果然學精了」

說著就把深度麻醉了的電武士帶到隔壁的膠囚室，跟著說「不出30 分鐘他就會醒過來，約 90 分鐘後就會完全清醒，抽血最好在 30 分鐘內完成，完成後就交你們。你們要確保不會引發星際戰爭，否則責任全在你！」

聽到禾特反客為主，我也不辯駁，看到迷暈了電武士後，我就讓他們為我抽血。要為我抽血，我就必須要刻意放鬆，否則我的極速進化會使我的皮膚突然急速崩緊，變得像鱷魚皮一樣，就是針也不容易插入，

這是我進化後的自然保護基制。而且為防他們使詐，保羅也自備了針筒一同帶來。

短短十五分鐘，我已被抽了 1.5 公升血液，已是平常人損血量的三倍多，保羅認為已不可以再抽。保羅曾提議不如分別抽取盧卡斯、亞祖安等人各半公升血液代替全部從我處抽取。但卻被禾特拒絕。他知我的力量遠比其他人強，他當然不會妥協接受力量較弱的黃血。

成年人的血量一般為體重的8%，所以一個約70公斤的成年男性，血液約有 5 至 7 公升。若只失去不多於 10%的血液，不會有太大問題，可能只會略感暈眩且已，但若失血超過 20%，就可能會冒汗、暈眩、呼吸急促等症狀。若失血多於 30%，就更可能會再現生命危險。但我不是常人，如果是普通人，失了 1.5 公升血可能已陷昏迷。但他們還想再抽，我伸手止住保羅，對他們說這是最後一次，只可抽多 500 毫升，我感覺身體還能支持，同時想只用數公升的血液就換來釋放電武士，這條數計算起來還是對我較有利。

短時間內抽走了這麼多血後，我的確有點暈眩，但身體還是應付得來，這實在是已遠遠超越了常人身體的極限。因為失血甚多，這刻我的靈力銳減，比我全盛時的一半也及不上。

果然抽血剛完，還未足 30 分鐘後，電武士沙亞就悠悠醒來，只是剛醒的他也顯得有點虛弱，明顯是被注射了極大量的麻醉藥，我想若同量的麻醉藥用在其他動物身上，可能就是十多隻大象都會死掉。當然我們也按協定把百多隻小恐龍交予禾特，雖然恐龍體型還小，但禾特還是甚高興。

禾特對我說「你肯定放走他是最好的決定？」

「是！」我答，其實我心底裏知道這全是賭博，但既然已結盟，我認為必須遵守承諾。

「那你們走吧！記著不要拆開他的膠手扣，這是特別物料做的，只要他未完全清醒，他就不容易扳開，他的激光箭我也會交到你手。最後只希望你的決定正確。」

我和亞祖安走在最前，電武士在中間，保羅、奧祖和盧卡斯押後。維達已叫人準備了一架極大的卡車準備接走沙亞。

回到地面，已近半醒的沙亞問「為甚麼想跟我結盟？把我殺了，豈不一了百了？又或是把我當為人質，你們手中也有一張好牌，放走我，就不怕我反口？」他雖然還略有虛弱，但話語中自有一種氣度，態度中一點也沒有示弱。

「因為我們已結盟，我選擇信你！」既已結盟，我就處他如朋友，相信就是唯一選擇。

「我早跟你說過不要輕信別人！」他稍稍一頓「為何你看來比我還虛弱，這為甚麼？」

「我用了兩公升的血液來換你釋放，但我認為這絕對是賺錢的生意！」我笑說。

「你這麼虛弱，很容易就會被人乘虛而入！」

「不會的，我有同伴同來，我不會有危險的」

沙亞只是冷笑。

我轉過話題，問了一條我極想知的私人問題「你能幫我找到費特嗎？」

沙亞沒答，竟然也一樣轉過話題「暗魅派了誰來救我？」

我稍稍猶豫，但還是照直說了「據說是火武士和 4 位金甲戰士」

「他們是否已出發？」

「想來應已在途中」

「那你還是不要放我走吧！」

「為甚麼？」我對他的回應甚感愕然。

「你的第七感確是厲害，只是性格就天真了點。還不明白麼？本來若他們還未出發，你放了我，我一離開地球，他們就再沒有前來的理由。但他們既已出發，情勢就大不同。你不放我，他們還會投鼠忌器，而且我在你手中為人質，暗魅才不會對我的忠誠懷疑！但你一放我，他們就會聯手攻擊你。你雖然厲害，單單 4 位金甲戰士聯手，你就必敗無疑，根本也不用火武士出手。」

「與你結盟，是因我們絕不希望地球與蛇族結怨！至於你的說法，我當然理解，但你我既已結盟，我就不會囚禁盟友，我情願冒險一試。」

「就是結了盟、放了我，你也不要指望我明明的反抗暗魅，我絕不會令族人冒大險的」

「我明白！你不會為我而令自己本族人處於危險，換作是我也一樣！我不期望你公然反抗暗魅，只要地球和蛇族互不侵害就可以，我想多一位朋友總比多一位敵人要好！」

「朋友？我從來沒朋友！」沙亞沒說下去，只是冷笑。

才剛走出禾特的基地不遠，我就叫盧卡斯用激光劍劈開那膠手扣，手扣是用扣著囚徒，而非盟友的。我甚至連電弓箭也叫盧卡斯一併交回給沙亞。

「打開手扣也算了吧，交回弓箭真的可以嗎？」盧卡斯急問。

「沒問題的」我想既然我冒險相信，就應信得更徹底。我見盧卡斯有所猶豫，我想還是由我來負責親自打開膠手扣。

就在我想打開手扣的一刻，突然我感應到我被靈力向右一推，跟著我左肩感到劇痛。原來我被激光劍一劍砍中，如非我被推一推，這劍就正正砍向我的頭，我的頭肯定會被劈成兩邊。

砍我這劍的，正是亞祖安。

本來若他這劍繼續直劈下去，我一條左臂就會給斬掉，但就在千鈞一髮之際，不知奧祖為何反應這麼快，第一時間就用激光劍由下向上挑，把亞祖安的這一劍擋格，令他的劍未能再斬下去。但奧祖的靈力遠不及亞祖安，只擋了一劍，就給逼退。盧卡斯就仍搞不清楚狀況，呆在當地。保羅就已拔槍準備攻擊，只是被我和電武士阻在前面，難以瞄準。

亞祖安逼退奧祖後，就再一劍又向我再砍過來，我急忙轉身，本

來只要我一飛沖天就能躲過，但如我一走，電武士在我身後就可能會中劍，於是我在電武士面前站穩不動，用盡餘力以激光劍抵擋。但我先失去大量血液，再受劍傷，恐怕剩下還不到三成的戰力。勉強擋了一劍，恐怕難以再擋第二、第三劍。

可幸的是，這時奧祖已再次衝前幫我擋格，跟著盧卡斯也加入，他雖然仍不解為何亞祖安攻擊我，但就拔劍守護我，兩人雙劍為我擋格。霎時三人混戰在一起，洽洽打個平身。

我不住的流血，保羅怕我失血過多，也不顧得攻擊，忙趨前幫我止血。保羅沒有參戰，除了要為我止血，還要同時防備電武士突然發難，所以一直持槍守在我旁，但槍卻是指向沙亞的。我受傷不輕。但仍急著要問亞祖安「為甚麼要這樣？」

亞祖安本來就是三人中靈力最佳的一個，現在以一敵二，還是不落下風。盧卡斯一直是他的同伴，也問「為甚麼？」

這時奧祖說「出發前，安娜跟我說要小心你，我一直覺得她太多疑，想不到你竟然真的出賣我們，竟然偷襲永照這麼卑鄙！」

亞祖安說「在月球上，不是我們三百人都出生入死的嗎？為何回到地球時，卻是他一個人獨攬尊榮，為甚麼就像整個地球都是他一人拯救的呢？而且我看來，在月球上他早已預了犧牲我們眾人。對嗎？」我從沒想過要犧牲眾人，但摩比和保羅卻真曾想過不惜犧牲眾人，我霎時難以自辯。聽到這話後，盧卡斯的劍慢下了一點，好像在思考。

亞祖安繼續說，不過這次他是向盧卡斯說的「摩比不是說過嗎？

光武士不是只可以得一個嗎？為何我們這麼努力卻只得寸進，你可知我們的靈力會無形的被他吸走，你甘心嗎？」

　　亞祖安本來說話不多，現在不住的說，是因他心裏異常焦急。他一擊竟未能得手，他立時心急起來。所以不斷遊說盧卡斯和奧祖，要離間我們，要將盧卡斯、奧祖與我、保羅放在對立位，以便能速戰速決。其實他所說的話，部份確是他的心聲。

　　其實他一直思考要何時要突襲我，但為何不選單獨和我相處的時間，而偏偏選這個高風險的時間行動呢？這全因為他的自傲性格，他自信即使盧卡斯和奧祖兩人聯手仍然不會是他的對手，他反而有點忌憚保羅，但見他這次只配備了激光槍，沒有別的特殊戰鬥裝置，他就放下心來，深信就是三人聯合也非其對手。他始終畏懼的是我一人，但我這刻本已沒有了兩公升有多的血液，就連劈開膠手扣也要盧卡斯代勞，就更有自信能偷襲成功。他相信只要我一死，他就會取而代之成為新的光武士。只要能成為新的光武士，別人如何看他，他一點也不在乎。

　　我此刻再受傷失血，只能勉強支持不致昏倒。但實際上已沒有多少戰鬥能力。再加上被偷襲，相信亞祖安只一劍就能把我了結。他選擇現在下手，除了自傲，更重要的是電武士因為受到麻醉藥影響，再加上扣上手扣，戰鬥力也銳減。他這刻突襲，或許能一次過打敗我和沙亞二人，這肯定令他揚名立萬。這樣的機會千載難逢，所以他不惜在眾人面前突襲。除了這兩個原因，他選擇這時出手，不再等待，亦因為他正是放走伊蓮娜之人，他在看守伊蓮娜之時，受他美色所誘惑，就放走了她。亞祖安知安娜精明，此事難以久瞞，所以必須趕快下手方為上策。

　　至於他所說的，固然他非常介意傳媒集中報導我，搶佔了大部份風頭，更介意他無法在靈力上超越我。但至於保羅、摩比不惜犧牲部份光戰士以謀勝利，他反而絕不介意，更認定如果易地而處，他也一定會做相同的事。此刻投訴只為了動搖盧卡斯等人。只是盧卡斯雖有點猶豫，劍稍稍緩下來，但仍一心專注防守。

　　就在我們兩方激戰之時，禾特從閉路電視看到事出突然，已帶領一眾部隊出來戒備。只是他站在一旁隔岸觀火，兩邊都並未相幫。

　　沙亞冷笑「好一個想來個漁人得利」

　　我勉力站起「月球上大家都出生入死，絕對不是我一人的功勞，回到地球也不是我想一人獨攬尊榮，但傳媒忽略了你們，我只能說句抱歉！而月球上，我絕沒有意圖要犧牲你們，若你不信，我亦沒有辦法。至於說我會壓制你們的靈力，這更非我所能控制。我可以理解你不喜歡我，但大家卻總不致生死相拚！」

　　盧卡斯仍在思考，但奧祖卻大聲說「我很清楚記得在月球之戰前一夜，永照的眼神，那哀傷的眼神絕不會作假！核爆前，永照不是竭盡全力把我們都搬離爆炸地麼，反而他自己還在爆炸的中心，若不是他把我們都搬離爆炸中心，我們全都會沒命！還有回到地球後，永照豈不是想盡辦法想幫忙我們第二次進化嗎？他是真的關心我們。至於我們是否能超越他，大家也知道不是他所能控制的。難道你殺了永照來超越他，我之後又要殺你來超越你嗎？這樣互相廝殺，何時方休，你先放下劍來，進化之事我們再從長計議」

　　盧卡斯看來被奧祖的話說服了，可惜還是太遲了，還在他猶豫之

際，亞祖安的劍成功攻破兩人的聯網，一劍砍傷了盧卡斯，並一劍把他的劍劈成了兩半，剩下奧祖苦苦支撐，看來勝負會快將分出。之前盧卡斯與奧祖都只守不攻，但亞祖安剛才一劍分明是要取盧卡斯性命，眾人看得分明。只是有奧祖相護，盧卡斯才只傷不死。這刻奧祖拚命的作戰，也僅能苦苦支撐著。

保羅立時就踏前加入戰團，我仍然守在沙亞的前面。保羅連環發了 3 槍激光槍，都被亞祖安用激光劍擋住。有保羅的協助，奧祖又暫時挽回了敗勢。如果保羅能擊中亞祖安，我方就能取勝，否則奧祖不可能支撐太久。亞祖安一直想走到奧祖的對面，利用奧祖遮擋保羅，雖然限制了他的靈活性，但也令保羅無法射中他。

果然亞祖安不單止靈力比盧卡斯和奧祖更高，也更狡猾，他刻意露個破綻給奧祖，讓他冒進，保羅已急忙喝止，但還是遲了。奧祖因為心急就中計，激光劍被亞祖光擊落脫手，他想用靈力拾回激光劍，再次被亞祖安，一劍格開。我也不再顧念傷勢，手執激光劍加入戰團，只是只擋了兩劍，擋到第三劍時就已覺頭眩目暈，我真的還能擋下第四劍嗎？亞祖安勝利在望，這一劍正傾盡全力的劈下來。

就在這時，沙亞在我背後輕輕的舉起手，以指尖對著我。

第十章

血宴

就在千鈞一髮之際，遠處傳來槍聲，一擊即中亞祖安，他因中槍而延緩了攻擊，保羅也趁機射擊，也擊中了他握劍的右臂，亞祖安連受兩擊，只可以落荒而逃，保羅還待瞄準他，作出致命一擊，但卻給我阻止。

「放他走吧！我們的恩怨就到此了斷！只可惜連累盧卡斯也受了傷」我跟著望向遠方槍聲傳來之處，「請問是何方友好協助我們？」

在遠方叢林處，走出一人，手執激光槍，此人正是咸美頓。

我雖然受傷不輕，但我還是大喜過望。緩緩迎了上去。

咸美頓快步迎上「幸好我及時趕到，你的傷勢怎樣？大家還安好嗎？」

「還好！為何你會及時出現於此？」

咸美頓就說原來安娜一早懷疑亞祖安，她不跟我說，因為怕我不相信，反會令亞祖安驚覺。所以就跟奧祖說了要小心提防，但她知奧祖靈力在亞祖安之下，仍恐怕難以周全，就叫咸美頓暗中保護，他在暗處會比在明的奧祖更有效提防。

我回頭向沙亞說「為甚麼幫我？若我死了，你豈不是就能向暗魅交代了嗎，豈不是大功一件？」他第一次以靈力把我向旁邊一推，避免亞祖安一劍當頭劈下，否則我早已分作兩邊了。

　　「你放走我，我不喜欠別人人情。這次就當我還給，而且你曾打敗我，我還希望將來報一敗之仇，如他一劍劈死你，我豈不終身遺憾？」

　　保羅卻問「你剛才在背後舉手是想甚麼？」

　　「當然是幫我，若他想襲擊我，現在也可下手，不用在我背後」我說。

　　「你對敵人還真寬容，還剛放走你的敵人。只是怕你會後患無窮。我早說過你的第七感確是高超，只不過腦筋卻大有問題」他說的敵人當然是亞祖安，但也同樣的說自己，其實我剛剛受傷後，沒有飛走，卻以身遮擋在他身前，他一切都看在眼內。在最後的時刻出手幫了我。其實起初我決意放走他，只是為維達所說服，權衡形勢，但到此時我已將他當作朋友看待。

　　「既然此事已了，你可以自便，隨時也可以離開！只是你要謹記不可侵襲地球或傷害我的朋友！」我對電武士說。

　　「我再問你，為甚麼剛才你擋在我身前？」

　　「沒甚麼原因，只是受了傷，我飛不動」我也沒刻意解說原因。

　　「好的，我就交了你這朋友。跟我作朋友，就不要再叫我沙亞，沙亞是不認識我的人才這樣叫的。你以後叫我蘇奧薛利米伊古魯，或是

伊古魯也可以！我若知費特所在之處，我再通知你！」

他頓了一頓，再說「我暫不走，我想多留地球數天，待我麻醉藥全過後才再走」其實這刻明眼人已看得出，沙亞這刻所受的麻醉藥已漸過，他已回復了八九成的靈力，反之我剩下卻連三成靈力都沒有。盧卡斯也受傷不輕，就是他此刻要大開殺戒，我們亦難以阻止。但他已將我當作朋友，如他一走，恐怕又會難以提防亞祖安再來突襲。而且他已隱約感應到火武士的靈力，恐怕不出兩三天就會到，他留在地球，就算不出手，也可以伺機幫忙。

我以激光劍劈開他的手扣。我對他說「這刻開始，你是我們的賓客，不是人質」

「我就在地球上作客幾天吧！只是我不易招呼」

「我理會得」我微微一笑，但身體實在虛弱，保羅連忙過來扶著我。

我正惆悵要如何安置沙亞，哪知他說「不用，我自己回到之前的山洞暫住，要找我，就來那處找我就可以。只是不容那人出現在我附近，否則莫怪我反口，大開殺戒！」說罷就走了，走前他冷眼看著禾特，他說的那人自然是指禾特。敗在我手上，他還能接受，但不停被禾特麻醉和實驗，實在奇恥大辱。若非看在我的份上，他立時就要回頭大開殺戒。

奧祖急問，「要找人監視他嗎？」

「不用」我說，但我囑咐了保羅幫忙，「請幫忙我找人盡量散去山洞內的硫磺味，再每天送 30 隻老鼠去山洞給沙亞。」

禾特見沒有便宜可拾，也已退回基地。

我們一行人回到聯盟總部，安娜見我受傷，甚是擔心，立時忙於為我包紮傷口。

我跟她說「沒事，不用擔心」我受傷不重，只是失血較多，但以我復原能力，我想約一個星期就可以康復。

安娜還是著緊的為我包裹傷口及消毒。

我跟著就問安娜「妳為何知道亞祖安會背叛我們？」

奧祖也說「妳真神通廣大，妳是怎麼知道的？」盧卡斯雖受了傷，他暫緩了去醫療室治療而要留下聽安娜解說，其他眾人也急欲知道。

安娜淡然說「只要你們細心留意平時你們訓練的情況，就知道亞祖安是個自尊心極強，自視過高的人。他明明有很多東西不明白，想向你學習，但就偏偏從來不問你，他永遠只在你身邊不遠處練習，在你教導盧卡斯和奧祖時，他就在旁偷聽。其實如果你們細心觀察，早在勝利巡遊時，他沒有太多傳媒訪問他，他的樣子已很深深不忿，偶有一家傳媒訪問他，那怕只是拍一張照，他也高興得不得了。這樣的人絕不會甘心在你之下。而且……」說到這裏她停了下來。

「而且甚麼？」我們三人一同問。

安娜稍一猶豫「他每次望我的眼神都是色迷迷的，不單望我如是，望伊薇特也如是，就連看蘇菲時亦如是。我早就懷疑伊蓮娜是他放走的。只不過總部內沒有閉路電視，我沒有證據。」

大家不約而同「啊」的一聲。

「我本不想他與你們同往去接電武士，但他自動請纓要去，如我出口阻止，我怕反會令他有所防備」安娜續說。

我自問真的不如安娜般的細心。

安娜沒錯，眾人皆知亞祖安本熱切追求伊薇特的，但卻被拒絕。他跟著就對安娜的美貌深深著迷，但當然還會克制不敢異動，及後見到伊蓮娜時亦同樣的著迷。伊蓮娜只看見他的眼神，就知這人可輕易到手，被她控制。結果伊蓮娜成功勾引他，跟他發生了關係，讓他放走了自己，並成功煽動他。說只要他殺了我，他就可以成為獨一無二的光武士，成為地球上最強的人，這對他的誘惑比性更強，他不用多想就聽從了，並且說服了他在殺了我後，就把電武士捉到俄羅斯去。所以整個旅程他一直尋找機會，因我要放走沙亞，他不能再等，唯有立時發難。

「對不起」盧卡斯跟我說。

「為甚麼說對不起？」

「我不應猶豫，令他有機可乘」

「我明白的，大家都難免會有疑惑，你的反應也是常理」

「你不怪我就好了」

說罷，安娜就帶我回房休息。只是她一直愁眉深鎖。

「說出來吧！把話放在心裏太辛苦！」

「是你叫我說的，你就是太容易相信別人了，對人總沒有一點防範！」

「知道了，下次我會小心的了，你不用擔心，我雖然受了劍傷，但其實傷得不算重，只是我之前失血頗多，才令我這般虛弱。就是這樣我現在還有約三成功力，就算亞祖安再偷襲我，也不容易殺我的。這樣的傷，我想五六天就能好過來」的確若不是先失血太多，就是中了那一劍，我仍能打敗亞祖安。

「你 7 個月內已 3 次受傷，教我如何不擔心？」

的確是在這段時間內，我先後被土武士撒加、電武士沙亞、亞祖安打傷，雖然今次沒上兩次般傷得那般重，但還是難免令人擔心。

安娜見我不知如何應對，唉了口氣「你的性格，我也不知應叫你改、還是不改？你有些事情，換是我，就一定辦不來的」

「除了戰鬥，還有甚麼事，是我能做到，妳卻不能的？」

「你已交了電武士成為朋友，換作是我，肯定不能！」

「妳如何肯定？」

「他肯為你留下已就是肯定！」

「還是妳看透人性，更厲害。」

「不是的，或許我真的可以看透人性。但我絕對更改不了人性，我做不來的，你卻做到了」

光 與 暗 之 戰

「那妳在我身邊時常提醒我不就是可以了嗎？」

安娜淡淡一笑，但還是雙眉緊鎖「你還是多點休息吧！」

「我要妳哄我睡！」我一心想逗她微笑。

「要我唱首聖詩嗎？」安娜終於露出微笑。

「妳還是笑時最美麗，只要妳笑著伴我睡，我就肯定會發個甜夢」

「口甜舌滑這功夫，你最到家，就是受了重傷，你這本領也怕還
剩有八九成功力」安娜終於綻放甜美笑容。

這一夜我本睡得香甜，但還未天亮，我就從夢中扎醒，因我已感
應到火武士的靈力！

就在這時山洞中的伊古魯用靈力跟我說，他也感應到火武士烏奴
奧奧的靈力，說他不用半天就會到地球，要我們部署下一步要如何應
對。

本來我們可以用靈力跟他對話，但我想保羅他們也參與商討，如
要想像上次把維達也連上般對話，必須要短距離才可以。遂一天亮就與
眾人趕去山洞。這次除了保羅，我還帶了安娜、咸美頓、維達、摩里斯、
奧祖、積遜和伊薇特一同前往，盧卡雖未傷癒，但還是堅持一起同往。
除了摩里斯，他較冷靜、善於觀察、也有計謀，其他聯盟內的人，我也
沒帶去，因為縱使大家同意結盟，但聯盟的其他人還是對沙亞心懷芥
蒂。

山洞中，伊古魯看到我們後，他先上下打量保羅和咸美頓，然後

再慢慢的享受他今天的點心，慢慢將一隻老鼠放進喉中。

「火武士不出半天就會到，四位金甲戰士亦會隨後到，相信也只是一兩天的時間，你們要如何應對？」伊古魯說。伊古魯不懂地球的語言，不知保羅從哪處竟能找來多部能翻譯他說話像耳機的機器，讓眾人戴上能和他溝通。之前他跟大家溝通都是用力靈力鑽入大家腦袋，大家才明白他口中說甚麼，現在這樣溝通方便得多了。

「我們已請摩比和卡卡迪達來援，他們早已在途中，只要他們一來，我們就可以拉成均勢，只不過他們最快也要兩天後才能抵達」保羅說。

「好吧！我既交了你作朋友，那我這次助你解困，幫你拖延兩天，只要摩比和卡卡迪達一到，那時你們拉成均勢，我會兩不相幫！」

「感謝。但如何可以解困？」我雖很想知道有何方法解困，但不知怎的，心裏總是有不安的感覺。

「但可以怎麼拖？火武士來到，我們不立時決一死戰，難道還可以飲茶、吃飯來解決問題？」積遜問。

「沒錯，就是吃飯！」

我實難以相信自己的耳朵。

伊古魯跟著說「以你現時的戰鬥力，若要硬拼火武士，可說是必死無疑，所以只可以鬥智拖延時間讓援兵趕至。火武士烏奴奧奧有一個嗜好，就如你們地球人一樣各有嗜好，你就是喜歡吸美女的血！」蝠族

人不吃固體食物，吸血就如我們吃飯。

他續說「一般蝠族人吸血只為進食，但烏奴奧奧除了進食，吸美女的血亦是他一種嗜好。他手下收藏了不少美女，不是為了交配的那種原因，蝠族甚少與異族人交配。他收集美女供他吸血之用，就像你們地球人嗜美酒或養寵物一樣，而他又最喜愛地球的美女。只要提供美女讓他吸血，他就會樂上三五天」

「給他吸一次血，肯定就會死了吧！哪還可以多吸幾天？」奧祖說。

「只要那美女真的美麗、合他眼緣，他就不會一次吸乾那美女的血。而且他的寵物除了要有美貌，也必須要有動聽的聲色。如果兩樣俱佳，能成為他喜愛的寵物，他會把她養著，留著慢慢享受。」

果然所有生物都有癖好，地球上的人愛玩賭、愛女色、愛玩車、愛音響、愛買包包、愛自拍、愛玩社交媒體。就是連摩比也愛吃三文魚，伊古魯就喜吃老鼠，而火武士就嗜吸美女的血。

「但那美女被他吸血，豈非都變了吸血鬼？他還會吸同類的血？」

「蝠族人不會吸同族人的血。蝠族和狼族有所不同，蝠族人的血液中細菌比狼族的更屬害，能更快改變生物的 DNA，更快令受害者變成同類。不過這些細菌自然對我和你或七武士都不會有影響。」他面露得色，再說「不過蝠族人不同狼族人，他們的一雙長尖門牙，內裏是真空的，就像兩條飲管般，方便他們吸血。狼人咬人時不能控制他的唾液會否沾染到被咬者傷口。但蝠族人吸血時能控制自己不回吐唾液到受害者

中。他們回吐唾液，就是為了令對方血液難以凝固，方便吸取，但他亦可控制不回吐唾液，這樣那人就不會變成吸血鬼。只是他們絕少這樣做。但烏奴奧奧遇上他喜愛的寵物就會控制自己不回吐，好令他的寵物能多養一會。」

「你的意思是要我們提供美女供他吸血玩樂？」摩里斯問。

「是的！只要你們能提供美女，他就會樂上好幾天，夠你們拖延時間。而且火武士和金甲戰士的目的不同，四位金甲戰士的目的是要捉拿你，只要你留在地球，你就要與他們硬碰。但火武士的目的是來救我，兼測試你的實力，只要你放我走，又提供美女供他寵養，他隨時不動手也不奇，本來他就不輕易出手，測試你的任務可留給金甲戰士。」

「這主意本是不錯」摩里斯說「但可送誰去讓火武士吸血？」

我和維達同覺此主意不妥，而且也難以執行。有誰人會願意犧牲自己，讓火武士吸血或變作吸血鬼？我們又有甚麼權力去犧牲別人？

哪知伊古魯即說「這有何難？就把這個送去，就夠他樂足數星期！」說時他指指安娜。

我大嚇一驚，「絕對不可！」急忙用靈力把安娜收到我身後。安娜身不由己的被搬移到我身後，雖感到有點尷尬，但心裏卻是甜思思的。安娜除了美麗，的確聲音同樣清脆動聽。

積遜在旁笑道「那火武士還真眼光不錯，哪不知會否因此和我們化敵為友？」

旁人也知他在說笑，哪知伊古魯正色道「也說不定！我們蛇族之前為了和他結盟，就送了幾個我族的美女給他吸血，哪知他眼都沒多看一眼，他獨愛地球的美女，我肯定這位就夠樂足三數星期以上。」他說的當然還是在我身後的安娜。

　　「果然有眼光！」積遜笑說。他當然不是在褒火武士，而是在貶蛇族美女。

　　「不要再胡說」保羅急忙喝止積遜。

　　「這個絕不可以的」我再說，其實我不想犧牲任何人。

　　「為甚麼不可以？她是你的妻子嗎？」

　　我一愕，衝口而出「她是我未過門的妻子」

　　積遜立時狂吹口哨，連奧祖也加入。摩里斯見維達面色一沉，立時制止眾人起哄。

　　安娜在我背後窩了我一搥，卻也沒有反駁。維達卻是面色一沉。

　　哪知伊古魯還沒有放棄，跟著指向伊薇特「若那個你不捨得，這個也應足夠拖他三五天」伊薇特雖然樣貌不及安娜，但其實也甚美麗，在光戰士中就不乏追求者。只是她天生高傲，除了對我有好感，她對所有追求者，全部也看不上眼。

　　我下意識的再次想用靈力把伊薇特移到我身後，不過才剛移了一點，我側頭望望身後的安娜，感到不妥，就急忙止住。

在外人看來，就像伊薇特想躲到我身後，但剛移動了身子，就停下來。

伊薇特大感尷尬，不知所措。

我連忙急說「這個也不行！」

「想不到你這小子竟有兩個美貌妻子」聽罷，伊薇特沒有反駁，反而微笑。安娜就輕捶了我一下。

「不是的！她不是的。只是這方法不行，我們還是用別的方法吧！」我急說。

伊古魯大惑不解，「明明這方法可行，但你又說不可以，難道你們有更好的方法嗎！」，他頓了一頓，還是喃喃自說「早說過這小子的腦筋有問題！」

盧卡斯突然問「既然四位金甲戰士還未到，火武士也落了單，為何我們不索性把他活捉或甚至殺了？」

「此話絕不可行！千萬莫小覷了他，就是他光武士完全沒有受傷，他若與火武士對戰，我想還是會輸多贏少，何況現在他受了傷，就算加上你們數個，在我看來，你們毫無勝望。所以在卡卡迪達和摩比到達前，你們還是莫要輕舉妄動！」

「如果血製的食物，火武士會有興趣嗎？」安娜突然說。

「我不知道？他們通常只飲活人的血，我聽說他們也可以吃固體的食物，但卻從未親眼見過。」伊古魯沉思。

「我能烹煮不同血製的美食，只要他感興趣，就不用犧牲任何人也能拖延時間」

「這也有可能的」跟著他瞪視安娜「這小妮子有點意思，怪不得你不捨得她」

「不如就叫安娜和俊雄一起烹煮這個血宴，反正他們之前就約好了會比試烹飪」摩里斯突然說。

大家聽到後，都齊聲讚好，只有我沉默不語，我總覺得這事有點不妥。但連安娜和保羅都說好，我亦覺此事可行，所以我也不作爭論，於是就叫伊古魯先多住幾天，我們再籌備血宴。

伊古魯說「這山洞我已不能再住，烏奴奧奧慣住於山洞，他自己住的山洞真的大如你們官殿！附近一帶最大的山洞的就是這個。如他真能被你們拖延，他必定會來這裏住。我絕不會和他同住，除了不喜歡和他同住之外，他所住的山洞都是熱浪滔滔，我絕不喜歡。」

「包在我們身上，我們會為你找個舒適的山洞」保羅說。

保羅就叫鬼塚幫我們另找了一個大洞穴，而且在這裏數百里之外，讓伊古魯暫住那裏。

我們就分手前，伊古魯就再叮囑我「還有一件事，你們要千萬小心」

「甚麼事？」

「蝠族人恐佈之處，除了控火術和吸血習慣，還有迷惑人心的幻

術。他們有一種變身術，能變成別族的俊男、美女。這種技倆正是方便他們誘捕獵物以作吸血之用。而且他們為誘捕臘物，都懂得地球上的語言，所以若然遇到不認識的俊男美女，你們要加倍小心！」的確地球上有很多生物為了獵食或避免被獵食，都有偽裝易容的功能，變色龍就是最為人熟悉的一種。想不到蝠族人也有同樣的本領。

他最後說「火武士非常自傲，你要好好利用這點，一切小心在意！」

分手後，積遜笑著問我「你剛才算是求婚嗎？那樣求婚也真的省功夫啊！我也要好好學學！」

我一時不知所措，還未回答，安娜就說「鬼才嫁他！」

我好不尷尬，支吾以對「現在不是開玩笑的時候，我們還有正事要辦」除了要應付火武士，我突然想狼族會否再來？如狼族也來，索羅又會不會來呢？

維達面色越來越沉，由剛才至今也一直沒說話。摩里斯看在眼內，這刻阻止積遜再說。

回到總部，安娜找來俊雄，說「你我不是還有一場烹飪比賽嗎？我已定好賽題，如你沒有異議，我們就好好的比試吧！」

俊雄聽到要為火武士烹調血宴，起初有點驚愕，但很快就覺得這是個難得的挑戰，欣然接受。

安娜太明白我，也拉我到一邊說「光哥哥，我也知你擔心我的安危，但地球有難，我決意與之共存亡，難免涉險，你不用過份為我擔心」

「我理會得」一把將她抱入懷中，只是我腦內思緒不斷。

半天後，高空中出現了一個小火球，慢慢再變成大火球，再不久這火球就來到我面前，正是火武士感應到我的靈力飛來到我的眼前。我收斂心神，不再想索羅之事，專心應付面前的火武士。

火武士烏奴奧奧就是一隻特大蝙蝠，雙翼展開足有 4 米多，他雙翼展開就比鷹武士的那對還要更大。一般蝙蝠的前臂是連於其翼，其實蝙蝠的翅膀根本就是牠雙手之間的肉膜，蝙蝠每隻手有五隻手指，翅膀就是牠手指間的肉膜，亦因此蝙蝠能靈活使用翅膀如人類使用雙手一樣。但火武士卻另有一雙手臂獨立於翅膀，可如人類般握住物件，而且他翅膀的頂端，亦即他手的一對拇指不像是一般蝙蝠的小鈎，而是一個長長略彎的長刺，只要火武士控制前臂，這長刺就能快速刺穿對手身體，是一件極厲害的武器。除了那張巨翼，他雙耳也頗為大，應是方便蝙蝠利用聽覺回音來捕獵之用，而且他可以用雙腳走路，那雙多出的手握著紅色激光鐮刀。除了樣貌較為猙獰外，著實和我們所常見的蝙蝠沒甚麼兩樣。

這刻他輕拍他那龐大的翅膀，把自己停在天空中。他一直閉起雙眼，但當飛近我時，就睜開了眼，不斷的打量我。他為要看清楚我，他飛得極為接近我，就像是要用鼻聞我，而非用眼看我一樣。我近看他醜陋猙獰的面孔，不自禁輕輕打了個冷顫。在我身旁的盧卡斯和奧祖，都甚緊張，兩人都手執劍柄，只是我下垂的手輕搖止住了兩人。

「你就是光武士？想不到你這麼年青，是你打敗了電武士，把他禁固在地球嗎？」

「我和伊古魯交過手，也不能算是分了勝負。我沒禁固他，他這刻也隨意自由行動，他只是正在地球作客，我可以明天讓你們見面」

火武士沒想到我會主動交還電武士，大感意外，在他角度來看，脅持電武士實是一張好牌。

「為甚麼要等一天？在等援兵嗎？」

「你不也是在等 4 位金甲戰士嗎？那等一天有甚麼打緊？難道你害怕？」摩比和卡卡迪達也未到，我的確要拖延時間。伊古魯既告知我火武士非常自傲，當然要善加利用。

火武士微微一笑「你的口才比第七感更厲害！」

「好吧！如你能好好招呼我，我就在此多等一天，其實我也感應到電武士的靈力，這刻就可以去找他。不過就是等一天，看你也不能弄甚麼花樣？明天正午後你就交回沙亞。只是你要招呼我也不易！」

「你既為我們的客人，我們會為你送上地球的美食，希望你會喜歡」

我就把他招待到伊古魯之前所住的山洞暫住，他一住下，安娜與俊雄的比賽就立即開始，就為他送上各種美食。他們兩各自煮不同的以血為材料的食物。烏奴奧奧先吃盡那一位的食物，就算那一位勝。

這刻送到火武士面前的，竟然有多達十多二十種以血為食材的食物。其實世界各地都有血製食物，血腸、豬血糕等食物在世界各地都很普遍。這些食品較常用雞血、鴨血和豬血。如中國人也喜吃豬紅，台灣

的知名小食豬血糕，又會在吃火鍋時加入鴨血、韓國人也常吃血腸。歐洲人就較多吃混入不同香料的血腸和黑布甸，如義大利甜血腸(sanguinaccio)、英國的黑布甸、法國的血腸(boudin noir)、瑞典黑布甸(blodpudding)、西班牙血腸(morcilla)、德國血腸(blutwurst)、俄羅斯血腸(krovyanka)及波蘭的甜血湯(czarnina)。總之血製食物林林總總，數之不盡。較為特別的是越南的血凍(tiet canh)和北歐的牛血鬆餅。更特別的坦桑尼亞的馬賽人會從乳牛身上直接吸血和北極圈的因紐特人偶爾會飲用海豹血等。

這次安娜煮了血腸、黑布甸、血鬆餅、血燉湯，還有沾上花生粉的豬血糕作甜點，而俊雄就煮了血鴨飯、血腸、血湯、豬紅粥、血豆腐等，最恐佈的是俊雄竟然準備了血飲。他兩人煮的血腸有英式的黑布甸、中式的豬紅、法式的黑血腸、當然還有義式的、西班牙式的。除了來自不同國家，當然還有不同的材料：豬血、雞血、鴨血、羊血、甚至腥味更重的牛血也用上。意式的加上了葡萄乾、松子、肉桂、茴香等。法式和德式的就配上蘋果或果醬來吃。韓式的血腸湯飯除了血腸還會加上各內臟。有些就加上燕麥。而俊雄準備的血飲就用上海豹血，且還加上不少香料以掩血腥。

原本兩人是在總部廚房烹煮，然後由我將食物送去給火武士，但安娜卻以食物越熱、越新鮮越好，就在山洞旁設置臨時廚房以便烹煮，俊雄對此本有些猶豫，但也認同要將食物長途運送會大打折扣，最後也答應了這安排。我對此安排亦有點擔心，只是安娜堅持要煮出最好的食物，我就不再反對。兩人為火武士送上這許多不同的食物，當然我亦一直在場以防生變。

其實我看到這麼多血料理，我直覺得有點噁心，聞著那濃烈的血腥味，更是有點想吐。但看到他們兩人都各別出心裁，各適其適，我也不禁佩服兩人。這次烹飪比賽，由一個外星人來作評判，以血液為食材，真有點匪夷所思，我肯定是前無古人，後無來者。

其實在兩人烹調時，積遜曾問我可否下毒？但我卻堅定的反對了，這固非待客之道，但更重要的是這絕不可能成功，以他和我的靈力之強，無論如何強烈的毒藥，如只吃一點點，會對他造成傷害，但就絕難中毒致命。但只要稍稍多吃就就很難不被發覺，所以要毒害火武士的成功機會極低。我不想因下毒失敗而結怨。

火武士這刻竟已變身成為一個俊男，還穿上地球人的西裝，就像一個翩翩風度的紳士靜看餐桌上源源送上的佳餚。他當然不知道這是一場比賽，安娜和俊雄都把自己煮的食物都堆到火武士面前，只要火武士先吃完誰的食物，誰就算勝利，若他沒有把一邊的食物都吃完，就計算那一邊的食物被吃得最多的為勝。

火武士望著這眼花撩亂的食物，也真的嚇了一跳，他們和狼族的都是獸獵民族，過的都是茹毛飲血的生活。雖然蝠族比狼族要附庸風雅，想模仿地球人，要脫離別人對他們是原始民族的看法，但他曾幾何時品嚐過這麼花多眼亂的食物。一時間也感到頗新奇和高興。山洞中自伊古魯走後，早已在隱藏處安裝了閉路電視以監察火武士，所以大家都能在總部看到這場比賽。

透過閉路電視觀看現場，俊雄顯得略有點緊張，安娜卻表現如常，兩方的食物質素難以肉眼判斷，但論膽識，顯是安娜先勝一仗。火武士

環顧四看了眾多食物一輪，果然一開始就選了俊雄的血飲，俊雄果然沒錯，還是流質的食物最吸引他，但只是喝了一口，就沒再喝。跟著他又喝了俊雄做的血湯，俊雄難掩興奮，可惜再次只是喝了一口，就沒再喝。俊雄做的食物，差不多火武士都先嚐過，但大多只是嚐了一點。隨著火武士揀選了俊雄做的食物，俊雄起始非常高興，但在嚐過多種食物後，火武士開始轉而吃安娜的食物，而且一開始吃就吃到底，把安娜做的食物大部份都吃完。吃完後，也沒有跟大家說話，只是望了安娜一眼，跟著只見火武士變回了一隻大蝙蝠，在自己山洞深處倒掛在山洞頂，想來應是睡了，竟是對大家一點防備也沒有，真的是藝高人膽大。

伊古魯用靈力告知我，應已成功拖延一天了。

勝負已定，安娜勝出，俊雄深深不忿，「為甚麼他會吃盡妳的食物？」他心裏暗罵火武士沒有品味。

智旭就說「火武士也真有品味，懂得選安娜做的料理」

其實俊雄製較多流質食品，是更適合習慣飲血的火武士的。但他還是不如安娜細心，他以人的角度出發，在食物中加上大量香料，掩蓋濃烈的血腥味，反而安娜刻意不蓋掩血腥味，對人來說或許難以入口，但對火武士來說就更吸引。

俊雄不住抓頭，不明為何會輸掉比賽。安娜微微一笑說「其實你的烹飪技巧真的很出色，勝負之說也不用太上心」

這晚鬼塚、保羅等人會輪班監視山洞。我們就要養足精神以備明日隨時一戰，只待明天約正午摩比就會到來，卡卡迪達也應在傍晚前到

達，只要兩人一到，我們就不用再害怕處於劣勢。我努力控制我的思緒，但還是難以安睡。

　　一夜竟然來得平靜，其實這計劃為何會成功？還是因著安娜的計謀，她從伊古魯處知道聖水的魔力，就叫我把聖水塗上身以隱藏靈力，但不一會又要找機會抹去，讓靈力彰顯，但一刻又再重新塗上，就是這樣令火武士感覺到我的第七感時強時弱，時顯時藏。火武士除了自傲，亦精於計算，由於他算不準我的實力，所以就不敢妄動。然後再動之以美食，就這樣火武士也不介意多等一天才行動。

　　翌日，我和伊古魯到了山洞前準備交接。地球防衛軍亦早響應我的警告，調來大批兵力協防。我率領了數千地球防衛軍嚴陣以待，這些防衛軍當然是三位上將調配而來的，還有數以萬計的後備軍在外圍戒備支援，太空軍亦已準備就緒隨時候命。當然盧卡斯、奧祖、積遜、伊薇特都在我旁，連保羅和咸美頓都帶備了激光槍守在不遠處。安娜當然不肯守在後方，她此刻就在我身後不遠處。奧祖曾問保羅要不要準備新的恐龍迎戰，保羅說這次來的不是一般外星戰士，對火武士來說，恐龍不會構成任何威脅。

　　好不容易到了正午，我觀看天空，只見一艘太空船從高空緩緩駛至，跟著降落地球，跟著在太空船中走出四位身穿金鎧甲的戰士，伴在4 位金甲戰士身後的是一位狼人 --- 當然就是我發夢也想找到他的索羅。原來多次造訪地球的索羅為 4 位金甲戰士做嚮導。我立時就全身火熱。

　　索羅和我曾見過的狼人樣貌相若，只不過是隻大灰狼，而且面上有兩條極長的疤痕，其中一條應是在我家時被保羅割傷的，另一條更橫

跨左眼，不知怎的，那左眼竟沒有因此廢掉，這些疤痕令他的面容更猙獰。他也必知我想殺他而後快，亦知我今非昔比，如果落了單，我要殺他可說是毫無難度。但他毫無懼色，站在金甲戰士身旁，全沒有躲避之意。我瞪視他，雙眼噴火，雙手微微顫抖。突然安娜的話在我耳邊響起，我努力調節我的呼吸，盡力控制我的心神保持冷靜，要以大局為重，跟著就再將我的目光轉向 4 位金甲戰士。

4 位金甲戰士極其魁梧，身穿金盔甲，四人金光閃閃，外表極是好看。他們的金盔甲也各有不同，獅戰士和地球上古代戰士所穿的並無兩樣，但他就沒有配戴頭盔，外露一頭金獅毛與金甲互相輝映。犀牛戰士相比下就多了一頂頭盔，而且他也是最大、最魁梧的一個。鱷戰士的金甲就只有前面，後面是用多條鐵鏈連接，外露出他那嶙峋堅厚的鱷魚皮。鯊戰士就只是身軀穿上軟甲，和其他三位都有所不同。

他們四位是人合稱金甲戰士的獅戰士(就像是獅頭人身的生物)、犀戰士(就是一隻白犀牛和人的混合體)、鱷戰士(就像一條直立了的大鱷魚，只是手腳都加長了，有雙腳走路，手執兵器，並且頭部向前彎了 90 度角，所以頭部向前，而非向天)及鯊魚戰士(就像巨型的大白鯊，但卻從深海走到陸地，並有雙腳可以在地行走，並且亦有雙手能手執武器，頭也同樣的向前彎)。

望著四戰士的到臨，但摩比仍然未到，這刻我不禁冒汗，不過我仍歇力保持冷靜，可幸的是我的傷已好多了，已回復了約八成的靈力。

「還在等摩比嗎？」火武士說。

我輕輕搖頭，卻不言語。

「只怕你等不到了！摩比和卡卡迪達今天都不會來的！」

光 與 暗 之 戰

第十一章
背水一戰

「他們到不到，你又如何知道？」

「幽靈大人早料到兩位餘孽摩比和卡卡迪達一定會專程趕來助你，除了4位金甲戰士與我同來，還特意派了4位銀甲戰士在深空攔截他們兩位，所以你莫要奢望他們可以及時來援」

我歇力抑制心神，令內心的憂慮不展現在面上。但我不知他們會否見到我在冒汗。

「你們來本是要救伊古魯，但我並沒有囚禁他，他可以隨意離開。你們也可一同離開」我對火武士說。

「要我們就此離開？哈，你真的妙想天開。這樣吧！這刻我有點口渴，如果你讓我喝點你的黃血，你的要求我或可以答應你。」

「要喝我的血，就要看你的本領！」我絕不能示弱。

「難道你要以一敵五！」

「不！我還有點傷，你若想撿這便宜，我也奉陪。你們想捉我，我當然不會束手就擒，要捉我就要憑你們的本事。你若是夠膽就與我打賭，我們派出四人與四位金甲戰士對戰，如你們勝了，我自當任憑處置，

若是我方勝利，那就請各位遠離地球，一年之內也不可再臨。你夠膽接受挑戰嗎？」與其坐以待斃，我寧可放手一搏，現在唯一勝望就是以激將法令火武士接受挑戰。

「好吧！算你嘴硬，你說你有傷，我不撿這便宜，你既放了沙亞，我們就四對四一戰定勝負！你贏了，他們四位就撤離地球一年內也不重回，你輸了就只可以乖乖的跟我走」火武士說話極有份量，四位金甲戰士對這安排雖感不妥，但也不敢公然違駁。

既然雙方已協定，我就在我方揀選三人應戰，但我方沒有一人力量可跟我相近，最終我還是選了盧卡斯、積遜、奧祖三人與我聯手。盧卡斯本來約有我四成的力量，只是傷也未全好，這刻恐怕只有我的三成多，而積遜、奧祖雖成功進化了兩次，但亦未及我的三成靈力，但我已別無選擇。本來伊薇特自信絕不比積遜和奧祖遜色，強力自薦出戰，但我悄悄跟她說「你留心火武士，他不出手，你也不必出手，但若他出手，你就要全力以赴」我將最強的火武士留給她，她就不再介意我不派她出戰。其實我想火武士說了不出手，反口的機會應不太大，這樣我實在是不想讓她涉險。

我們雙方列陣，戰事一觸即發，金甲戰士極其兇猛，金盔甲在陽光下耀眼生輝，更是威風凜凜，我方聲勢完全難以相比，實毫無勝算。突然我心有所感，我前半段人生受病折磨，之後生活流離孤苦，一生背負罪疚，此戰若敗下來，就可能永遠回不到地球，甚至命喪他方，再不能見到至愛。想到這裏，我心中霎時有一股按耐不住的衝動。

我回頭望向安娜說「上次在山洞時積遜說我是否向妳求婚，那次

當然不是。若我這刻問妳，妳會否願意陪我一生到老，至死不休，兩人一起走到世界盡頭？妳是否願意與我長相廝守？」

兩軍列陣，我竟突然陣前求婚，令所有人都大感意外，卻也將這刻殺氣充斥的氣氛霎那間帶來 180 度的轉變。兩方都頓時停了下來，等候安娜的回覆。

只見安娜雙目含淚，微笑點頭「我早就決意永遠跟你相伴相依，我願意！無論你要去天涯海角，無論生死，我都願意一生跟隨！」

剎那間，我方歡聲雷動，士氣大振。在我方陣容的一遍歡呼聲中，就只有維達一人，面露怒色，緊握雙拳。他雙拳過於緊握，指甲都陷入了肉內，快要滲出血來。伊薇特失望之情也溢於言表。

我本想衝回去跟安娜擁抱，但這刻耳邊傳來「究竟你還打不打？這比賽還比不比！」 鱷戰士冷笑說。

「當然打」我和安娜對望，眼裏充滿了幸福，就像這一刻的幸福就是永恆，即使此戰戰敗、戰死，仍無人能奪取我的幸福。

我回過身來，細看對方四人，他們四位戰士中：獅戰士也用激光劍、犀戰士用激光流星錘、鱷戰士用激光刀、鯊戰士就用激光三叉戟。只見盧卡斯惴惴不安，見我望來就說「恐怕我實力不夠，會連累大家」

我默然不答，兩手分按他和奧祖的肩，同時望著積遜，說「能與大家並肩一戰是我的榮幸！」

眾人同時回應「能與你並肩作戰，才是我們的榮幸！」跟著大家

四手互疊，心意相通，再不念生死成敗。我方四人唯一不落下風的就只有戰意。

我與盧卡斯等人協定，由我對付最兇猛的獅戰士和犀戰士，盧卡斯對付鱷戰士，最後奧祖和積遜就雙戰鯊戰士。突然間，犀戰士大聲呼嘯。跟著獅戰士向我衝來，犀戰士就衝向積遜、鯊戰士攻向奧祖、鱷戰士就攻向盧卡斯。他們的如意算盤應是只要獅戰士能抵擋我一會，其他幾位就應足夠打敗奧祖和積遜。

一接戰下來，獅戰士使用的激光劍，同我的激光劍相若，我亦希望跟他一分高下，但我知此戰不只個人榮辱，所以我一開始就全力以赴，力求速戰速決。

獅戰士體格雄壯魁梧，力度自當雄渾。如要佔優，我本應跟他比拼靈巧，但基於要速戰速決，我反其道一上來就跟他比拼力量。僅一秒內，我就連劈了五劍，我一劍、一劍的劈下，他唯有橫劍抵擋。今日的我，力量已遠超當初的我。果然，我全力劈到第三劍，他就已力有不逮之感。看來獅戰士會先過積遜、奧祖而敗。在旁的犀戰士急忙捨棄積遜，與獅戰士聯手一同抵擋我。這樣積遜就可以和奧祖並肩作戰。一時間雙方拉成均勢。

本來我比兩人都靈活，只要游走在兩人間，伺機攻擊，我的勝望甚濃。但我冷眼旁觀，若這樣久戰，盧卡斯、奧祖、積遜數人還是會先敗。特別是盧卡斯有傷在身，實力打折，更重要的是他心生懼意。我急謀對策。因我要分心對抗犀戰士的攻擊，這刻獅戰士已站穩陣腳，一時之間不易落敗。

我全力施為，我看準犀戰士的靈活度較低，我就集中攻擊獅戰士，並不斷快步逼他遠離犀戰士，果然在我劍光狂斬猛劈之間，獅戰士迫得不住倒退，並漸漸遠離犀戰士。在逼離獅戰士同時，我又會突然偷襲犀戰士一劍，由於我劍勢凌厲，令犀戰士也不敢過於逼近，看來我是立定主意要先擊敗獅戰士，對犀戰士只是偶爾攻擊，好像獅戰士是唯一對手，全不將犀戰士放在眼內，令他異常氣結，就把流星錘的鏈放長，不住加大攻擊圈，令我仍在他攻擊範圍內。

　　那邊盧卡斯正在苦苦支撐，幸好他由一起始就立心只守不攻，而且防守得極嚴密，這樣一來，雖然雙方優劣顯而易見，但卻一時三刻也不見得會落敗。

　　再看另一邊，奧祖、積遜合戰鯊戰士。本來兩人合擊，應比盧卡斯個人力量稍高，但兩人各自為戰，再加上積遜有點急躁，令戰情不時出現險象。

　　由於戰情刻不容緩，我發狂了的向獅戰士狂劈瘋刺，他逼得大步大步的快速後退，犀戰士一時未能跟上，唯有將攻擊圈越發加大。就在千鈞一髮之際，我劈出了雷霆一劍，只是這劍先是劈向獅戰士，但在犀戰士放大了攻擊圈後，我突然中途轉向，使出「曙光乍現」轉而一劍疾刺向犀戰士。

　　犀戰士被殺個措手不及，我已突破了他的攻擊網，一劍正中了他。

　　犀戰士之激光流星錘，威力是極猛，但這是遙攻的武器，只要他的攻擊圈越大，放的鏈越長，空隙就會越多。他起初的攻擊圈甚小，力量集中，威力極猛，而且密不透風，我也不敢硬拼。我想必須要拉大他

的攻擊圈，他的攻擊網才會出現虛位，讓我可乘虛而入。所以我才將假扮將焦點放在獅戰士身上，讓犀戰士心浮氣躁，不斷加大攻擊圈。

果然我一擊即中，但不知怎的，我的一劍竟沒有擊倒犀戰士，只見劍所刺處正在滴血，但犀戰士沒有如我所想般受重傷倒下，反而發狂揮錘擊向我。我急忙後退，轉瞬三人又混戰起來。旁邊的鱷戰士怕兩人會落敗，也加入這邊戰團，一轉眼戰情就有變，變成我以一敵三，而盧卡斯、奧祖、積遜就以三對戰鯊戰士。

我的一劍未能得逞，原因在於我小看了金甲，我本不將金甲看在眼內，原來這金甲除了威猛好看，還真有保護作用，就連我這樣的極速一劍，也只能僅僅刺穿金甲，由於金甲所阻，犀戰士傷得不太重，沒失卻戰鬥力。這時雙方的戰況又再膠著。

原本我以一對三，理論上我應立處下風，再加上舊傷未癒，久戰恐會敗陣。但我卻越戰越強，這刻絲毫沒有落入下風。獅戰士在兩位同伴聯手後，緩過一口氣來，他的激光劍的威力也越見威猛，犀戰士的激光流星錘就重新收窄攻擊圈，令他的攻擊圈滴水不漏，毫無破綻。鱷戰士的激光刀不會亂攻冒進，而是伺機而動，但每一攻擊都對我造成險象。

這樣一來，兩邊又成了彊持之局。我想他們三人聯手，若以一敵三，可能就是寒武士、風武士、電武士等人都必然會招架不住。只有火武士、水武士、土武士和我才可以打個平手。獅戰士的激光劍和犀戰士的激光錘，都是剛猛雄渾為主，而鱷戰士的激光刀就以出招準繩見稱。此刻我漸感到吃力，可幸卻絲毫未見敗象。

　　我自信會比獅戰士更快、比鱷戰士力量更大，於是我一改策略，我就一面跟獅戰士鬥快，同一時間跟鱷戰士鬥力，而對犀戰士的攻擊就盡法避開。若在半年前我恐怕完全會被比了下去。但這半年來我的第七感與日俱增。要比鬥力量，我已學懂運用靈力，而非蠻力，而且更多使用智力。他們三人雖然戰力非凡，但與七武士相比，還是稍遜。既然盧卡斯三人那邊漸時沒有敗象，我亦樂於一試自己實力。

　　由於我策略轉變，犀戰士一如之前，只能在我快速奔走之時，緩緩移近，直接與我對戰不多。獅戰士由與我鬥力變作鬥快，一點也不見得輕鬆。鱷戰士與我鬥力亦感到吃力。我不斷在三人中游刃作戰，尋找突破點。

　　本來我的策略漸見收效，獅戰士和鱷戰士越發露出破綻，只是他們互相掩護才不致立時落敗，但再如此下去落敗只是遲早問題。

　　就在勝券在望之際，火武士突說「獅戰士不要和他鬥快，要以你的強項對戰。犀戰士不要跟著他四周亂走作戰，你要掩護鱷戰士，犀戰士負責防守，鱷戰士就負責攻擊！」

　　安娜立時大聲說「你不守承諾，要加入戰團嗎？怕的話就直接認輸好了！」

　　哪知火武士淡淡然說「我是守承諾的人，我承諾過不出手，但從沒承諾不出口幫忙，我也不介意你們任何一人也可出口幫忙！」

　　大家一時語塞，只能凝神觀戰，連大氣也不敢一抖。

　　原本我形勢大好，但一經火武士提點後，所有漏洞立時被堵塞，

反而鱷戰士專注看準攻擊，所有攻擊都對我造成威脅。

　　我正苦思要如何逆轉形勢，哪知另邊突傳來呼叫聲，正是積遜因為冒進，而被打傷，他的激光劍被鯊戰士一把擊脫，正向我這邊飛來。他們以三戰一，本已佔上風，但可惜就是各自唯戰，而且戰鬥經驗不足，積遜才會被鯊戰士引誘冒進犯險。

　　我知勝負轉瞬就要分出，而無暇再細想，決定冒險放手一搏。危急中，我用靈力一手接過積遜的激光劍，同時雙手使劍，右手我的劍是黃色，左手用積遜的劍是紫色。我使出摩比的絕招，絕對零度，我當然沒如摩比般使得爐火純青，但霎時溫度急降，只一刻就出現了一幅極厚冰牆，把犀戰士和鱷戰士隔開了，方圓半里內也極盡寒意，大家也不禁顫抖。

　　只是這種冰牆對常人就堅如鋼石，但對兩位戰士就只能阻擋片刻，但只要片刻就已足夠。其實所有人包括火武士見我雙手使劍，已吃了一驚，因為雙手使劍需要雙倍的靈力。但畢竟還不是我一人獨會，風武士亦可一手用矛、一手用網，其他的七武士也應能做到雙手使劍。但我一手使黃劍，一用使紫劍，就可說世間絕無僅有，所以連火武士都嚇了一驚。

　　我括盡餘力用黃劍再次使出「神光一線」直刺向獅戰士，由於我已出盡全力，劍勢疾如奔電，實在快得令獅戰士已避無可避，只得也出盡全力持劍擋格硬拼。

　　兩劍相交，發出隆然巨響，由於我的劍刺力道雄渾，獅戰士再無法緊握激光劍，一把被我激脫，而手腕亦被我的劍所傷。霎時雙方各有

光與暗之戰

一人受傷，同樣劍被擊脫。雙方再成均勢。

哪知可能我剛剛的一劍威力太猛，獅戰士急忙退後，在退後時竟然絆了一跤，我立刻把握千載良機，一劍刺向他頸側，再飛到他身後，橫劍他頸說「三位放下武器吧！別逼我傷害他」

犀、鱷、鯊三位戰士一時不知所措，但都已停下手來，哪知火武士竟開腔說「勝負已分，我方定會遵守諾言，大家不用再戰，你大可放開獅戰士。」

我絕想不到他這就認輸，不禁佩服他的氣度。

他續說「你這小子見機甚快，想不到你還學全了摩比的絕招，想來卡卡迪達的你也必學曉，你最後使的那招也算厲害，是自創的吧！有意思，真有意思。」

「過獎！那你們全都撤離吧！」

「四位金甲戰士會按諾言撤退，我可從來沒說過我也會走！」

「你想反口？」

「我確沒有答應過你，我從沒說過如他們戰敗我會撤走。但我說過你有傷，不會佔你便宜，我不會現在攻擊你，只是我這刻實在口渴！」

他剛說完，就展翼急飛向曾為他烹煮血宴的俊雄，並一把咬了他。俊雄站得離我較遠，火武士行動迅速，我竟未及救援。我立時飛向俊雄處，哪知火武士已飛往人外圍的士兵處，眾士兵嚇得急忙向他開槍，但他一拍翼，子彈都被所括大風吹至偏差，未能射中他，他跟著張口就咬，

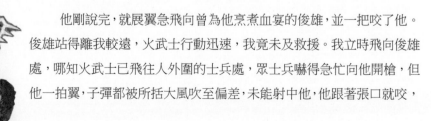

只一下，就再有兩人被咬，霎時四周慘叫聲、子彈聲此起彼落。

我望著被咬的俊雄，一時不知所措，不知要如何幫助他。

俊雄掩著自己的頸，阻止不斷流出的血，茫然問我「我要死了嗎？永照你可以救我嗎？」後半段說話已變作哀號。

我呆立不知所措，只能扶著俊雄，安慰他「我們會想到辦法救你的」

「不要騙我，我還有很多想做的事未做，不想就此死了。永照你要救我！」

我實在不知能做甚麼幫他，不禁流下淚來。

就在我不知所措之際，就已經有第三、第四、第五位士兵被咬。而且他一邊咬人，一邊四處投擲火彈，只見他雙手都各有火彈，隨處投擲，卻又擲之不盡。一時火災處處，慘叫聲不絕，四周亂成一團。我急忙追趕火武士，要制止他再咬人，本來我飛得比火武士還要快，但是每次逼近他，火武士就放火球襲向我，火球雖未能傷我，但我因要閃避，又拉長了我和他的距離。火武士卻沒有半刻停下來，他不斷低飛，隨手把士兵抓過來，咬頸吸血後，又再把被咬的人放回人堆。在這追逐期間又再有八位士兵被咬，我竟半點辦法也沒有。正當我已追近，準備出劍之際。哪知火武士突然停下來，原來他已飛了一大圈，剛好停在原地。

我急忙稍稍斜飛，避免撞上火武士，我亦收回激光劍，他既已停止吸血，我就不再追擊他。因為只一刻間，我已聽到士兵群中槍聲大作，亦處處有哀號，因被咬的士兵已有多人變作吸血鬼，他們再輾轉咬人。

光與暗之戰

我無心再戰，只想要如何阻止這批吸血鬼漫延。我本想立刻行動，但眼前還有這個吸血魔王在此，我不敢移動。

火武士說「四位金甲戰士也可以走了，我會處理後事」

四位戰士也一回應「若我們空手而回，恐怕罪責難當」

「放心！捉他回去的事包在我身上！」

四位戰士互望一眼「那我們的事只好拜託火大人，我們先行離去」伊古魯也跟四位戰士一起走了，走前用靈力向我示意保重。

「我會暫時離開地球，三天後再回來向你挑戰，三天絕對足夠你的傷完全復原，到時再看你學了卡卡迪達甚麼本領」火武士說。

「好！只你要答應我一個要求，我也答應與你一戰，同樣只要我戰敗了，就任憑處置。」

「好！你有甚麼要求？」

「無論你我之戰勝負如何？不要再次牽涉地球在內！這只是你我二人之爭，你我未分勝負之前，你絕不許再打擾地球！」

「又想再用激將法？也不打緊，我就應承你！我總有辦法要你守諾言」

他轉頭向金甲戰士說「你們可以先走，只是索羅和費特要留下，他倆會跟從我」跟著轉頭對我說「你只要戰勝我，他倆就會交你處置！」不知如何，我遍尋不獲的費特，竟然被索羅找到。索羅在我面前仍神情

慓悍，毫無懼色，不過費特則被我銳利的眼光看得惴惴不安。

火武士這招實在了得，我朝思暮想就是要報仇，這刻兩位仇人就在眼前，我還可以去得哪裏。

「我這刻先去會會摩比和卡卡迪達，三天後再見！」火武士說罷，四位金甲戰士也坐飛船離去。索羅和費特就另坐了一艘太空船也離去。火武士跟著展翅飛走。

我默然無語，眼睜睜看著一蝠一狼一人離去。

想不到他們才剛走了一會，被咬的人就已過百人。我實估不到漫延的速度竟然可以如斯飛快。本來保羅說過吸血鬼被陽光照射一分鐘以上就會開始焚燒，照上三分鐘以上或會灰飛煙滅。這刻正是烈日，但剛才火武士四處放火彈，這刻滿天都是濃煙黑霧，反把大部份陽光都隔絕了。四位光戰士、保羅和咸美頓已開始四處剿殺那些被咬的人。

多明尼克和智旭就大叫「我按不住俊雄了，快來幫我」我急忙飛去幫忙兩人，只見俊雄在這段時間已長出大獠牙，已變成了一隻吸血鬼。兩人已按不住他，俊雄想吸智旭的血，我一把用靈力遠遠推開智旭，於是俊雄急撲向我，要改吸我的血。我用靈力築了一塊隱型的牆，擋住俊雄，不讓他接近我身。只見俊雄在我面前掙扎，雙手向我亂抓，但始終抓不著我，面容扭曲、喉頭發出荷荷聲響。

我只聽到維達大叫「永照快動手，他已不是你識的俊雄，殺了他後，還有很多吸血鬼要消滅！不要再猶豫了！」

但我面對俊雄始終不忍下手，想起我每天吃他煮的美食，他的好

勝為我們製造了不少笑聲。想像他數十秒前還是個好好的人，也有所愛的人，我就遲疑不能下手。

正在這時，剛殺了一隻吸血鬼的保羅也同樣向我大喝「他已不是俊雄了！你要立時下手，否則會一發不可收拾！」

就在我還在猶豫之際，維達已趕到俊雄身後，一槍擊中他的心臟。他見我始終下不了手，就趕過來代勞。我忍痛呼叫「俊雄，對不起！永別了！」之後就看著俊雄倒下，我怔怔的流下淚來。

我只能忍痛急揮劍擊殺被咬過之人，一瞬間就已斬殺了六十多隻吸血鬼。本來我加入圍剿後，漫延之勢已稍歇，只是有些吸血鬼已逃到四處。有些已變作吸血鬼的躲起為了要躲避陽光，那些已變了吸血鬼的人因為想吸血的，無論逃到了何處都會引起騷動，所以我不難找到。有些剛被咬的卻又未變的，因極度恐懼而遠避躲藏，一時間我難以尋找。哪怕只要走漏了一個，恐怕也會釀成大災難。

轉眼能找到變作吸血鬼的人，都已被我斬殺。找到有些被咬又未變的，就是我下不了手，也被維達或保羅等人所殺。只是還不知有多少逃脫了。

三位上將已立刻落指令把附近整個區域完全封鎖。但大家也不知如何解決這危機，只能回到聯盟去商討決策。但大家都因俊雄逝去而極難過，俊雄除了是眾人的廚師，也是大家的開心果，一時不少人都痛哭起來，我亦心中悲痛，難以言語。聯盟短時間內已失起俊雄、辛格和凱利。整個基地都彌漫著極悲傷的氣氛。

只見眾人之中，伊薇特又哭得最厲害。她是個堅強的人，我就從未見過她哭，就是連在月球之戰時面對生死，我也不曾見過她哭。我欲上前安慰她，卻被安娜拉住，說「讓她安靜一會吧！她是為俊雄哭的」說罷安娜也伸手抹去自己的眼淚，再說「剛才伊薇特站在我前面，俊雄在他旁。那一刻只見火武士飛撲而至，伊薇特卻像是嚇呆了站在原地，在最後一刻俊雄走過來一把推開了她，才會被火武士捉去咬了。沒想過俊雄就這樣犧牲了……」說罷已是淚流滿面。

　　我想起俊雄為大家烹調的情境，也同樣心碎。其實他身世也頗淒涼，自幼就父母雙亡。只是跟著外婆相依而活。她外婆烹調技巧出眾，他的烹調技巧就是師承自外婆。婆孫兩人身無長物，就只寄居於一所老人院中。她婆婆負責為眾人烹煮伙食，而換來兩人能於院內兩餐一宿，偶爾再撿些老人家的舊衣物。有些老人家會送俊雄一些舊事物，俊雄就會拿去賣，就此賺取些微生活費過活。只可惜老人院的院長已年邁，經費亦非常緊絀，早有結束營運之意，只是堅持要讓院內的三十多位老人家仙去再結束營運，俊雄外婆就負責各人之膳食，俊雄小小年紀就幫忙。

　　可惜一次俊雄的外婆在廚房滑倒，大傷後就一病不起。本來院長想送只有十四歲的俊雄去孤兒院生活，但俊雄就懇求院長讓他繼續留下，並說會繼續為各人準備膳食，說照顧各人是婆婆遺願。起初院長也很有保留，亦懷疑他能否應付大廚之責。但見俊雄異常堅定，也就讓他試試。哪知一試，就顯出俊雄的烹調天份，三十多位老人家來自五湖四海，他煮的膳食除了美味，還能只參考網上的資料和各老人家的口述，就能用平價食材不時煮出不同地域的美食。眾老人家中有一兩個較有錢的，就

讓俊雄隨意用他們的電腦，俊雄就是透過電腦自學成為黑客的。

他這樣一煮就煮了十三年，直至最後一位老人家也離世，老人院結束了，他才離開展開他的第二人生。可惜的是他的人生竟到今天為止！再也沒能吃到他煮的美食，聽到他和智旭鬥嘴，令我覺得心碎。但這刻仿佛看到他已升到天上遠方，而他外婆和三十多位老人家在彼岸迎接他。

俊雄的死深深刺痛眾人，保羅也不例外。保羅與辛格、凱利都不相熟。但在聯盟內天天吃俊雄煮的飯，聯盟內很難有人與健談的他不相熟。

但深深刺痛保羅的是俊雄的死令保羅聯想到他太太之死。

他還記得那天晚上，天空下著毛毛雨。

就在那天他那深愛、卻又患了癌症的太太就死了，死因 --- 喝了有毒的湯自殺身亡的！

看到保羅的面容扭曲，安娜問「你還好嗎？」

保羅從極度悲傷中清醒過來，說「沒事！」

維達這時站起說「這不是悲傷的時間，我們要立時抑止吸血鬼漫延，而且這基地也不安全，我們要立時撤離！」

大家也覺得維達說得甚對，大家稍為抑止悲傷的情緒，急聯絡馬菲斯上將協助我們撤離到圍封區外一個基地。並在那裏開會研究要如何加大封鎖區和清除吸血鬼，保羅跟我們說要殺吸血鬼基本上和殺狼人一

樣，只要擊毀其心臟或把他斬頭就能殺滅吸血鬼。蝠族的人不喜陽光，但一般強度的陽光對他們並不致命，只是由人變成吸血鬼就無法抵擋陽光，會被陽光燒焦，所以都會晝伏夜出。

但這區份有甚多建築，還有地下設施，要令被咬的人暴露於陽光底下，可說是極之困難。我們也有討論過，是否可用速龍來消滅吸血鬼，可惜這建議立時被保羅所反對。因為如果要控制速龍，控制的人會有相當風險。但如不加控制，就會對封鎖區內的人構成極大危險。但最重要的是保羅不肯定，速龍吃了吸血鬼後，其 DNA 會有甚麼變化。恐龍吃了狼人，就算有變化，也起碼要一段時間，所以會有足夠時間處理這些猛獸。但若速龍吃了吸血鬼後，變化可能極快。其後果可能會出人意表，甚至難以收拾，所以保羅堅決反對這方法。

大家反覆討論，雖然已有初步了解，但大家還未有良策，就有消息傳出多區都有爆發吸血鬼咬人事件。

眼看事件難以收拾，大家就齊望向保羅，哪知保羅說「蝠族的這種能改 DNA 的細菌，我也沒有法子對付。」

就連有高科技，一向有辦法的保羅亦無良策，大家漸感氣餒之際，我突然想起一事，我急說我要離去。

危急之際，我突說要離去，大家都異常錯愕。

我沒時間多作解釋，只能說事件極緊急，我去是為解困尋找辦法，說罷我看了一眼安娜，我本想帶安娜同行，只是帶著安娜，我怕會延緩我的行動，所以我還是放棄了。最後我跟大家說了聲「小心」就立時飛

走。

　　眾人都甚疑惑，不明所以。但大家都相信我此行必是為解除當前
危機而去。

第十二章

吸血鬼之災

只一會兒，我就飛到那醫院，那曾禁固我，害我幾乎被殺，但到頭來因禍得福的那實驗室。我要去找威廉博士的助手 --- 米高。

這場吸血鬼之禍源於火武士體內的細菌,這細菌能改變人體DNA。威廉博士本是 DNA 的權威，對於細菌亦有深刻之認識。米高作為他的得力助手，我相信或能對這危機提供有用的意見。

我為了避免保安的糾纏，我直飛到威廉博士辦公室的外面，再破窗直接進入。我走過預備室，再走過辦公室，來到實驗室。望見一人穿著醫療保護衣背向著我，似正在進行某種研究。

「我來是要找米高博士的，不知他正在何方？」

聽到了我的話，那人回過頭來望我。我立時嚇了一跳。

我眼前的正是半人半狼的威廉博士！

只見他面容還是他原來人的面貌，只是面頰長了不少長毛，他雙耳略尖，也隱約看到他有兩顆尖獠牙。他雙手包在大手套內，身體就包在保護衣內，看不清他身體有何變化。

還在我嚇呆的時候，威廉說「很久沒見，永照！」

這確是威廉博士，那曾愛護我，後又出賣我的威廉博士。

我滿腦子充滿了疑問，但我靈機一動，說「你就是禾特所捉的那狼人！」

「是的！」

為何威廉會變成半人半狼這樣子？又為何被禾特所捉？又為何回到自己的實驗室？我一時不知從何問起。但我還是直接說出了此行來意「威廉叔叔，你可以幫我嗎？」我早當他已死了，這刻見他半人半狼的模樣，不禁憐憫，又想起了以往他愛護我的日子。

「我還是你的叔叔嗎？永照，我這般出賣你」說時聲音有點哽咽。

「以往的事不要再提了，我只希望這次你能幫我！」

「你想解救這刻的吸血鬼瘟疫？！」

「是！」威廉果然聰明。

「雖然我沒有十足的把握，但或許這次我真能幫助你，來！我給你詳細解說！」

跟著威廉就跟我說出他的研究，如何能解眼前之困，又很簡略的說出上次醫院後他為何演變成半人半狼。

原來，上次醫院雖遭狼人咬傷，但卻沒有死去。禾特收到狼人出現的消息後，就在保羅帶走我後，趕去了醫院，帶走被咬傷的威廉和那兩隻狼人屍體。哪知不久威廉就變成了狼人。我那次在禾特的實驗室所

見的狼人就是威廉，亦因此那狼人不斷的向我咆哮。

但那次我大大破壞了禾特那基地，讓威廉也乘機逃了出來，他逃出來前，同時偷取了實驗室的藥物，這藥是禾特手下研製的一種逆轉針藥，可惜的是這藥並未研製成功，只把他部份逆轉，變成一個約三成人、七成狼的混合體。在回復了部份的人性後，威廉就重回自己的實驗室，繼續研究逆轉藥。他能極短時間內研製了逆轉藥，還是有賴禾特手下對他和兩隻狼人屍體的大量研究，他們做了很多有用的實驗，卻沒能把這些實驗結果資料成功整合起來。而且他們對已變狼人又被縛在實驗桌上的威廉毫無戒心，經常在他面前討論實驗數據和成果。而且他們的重點是複製狼人的能力，所以錯過了研製逆轉藥的關鍵。但威廉是萬中無一的天才，他們無法組合而成的片段，經他細想後就找到方法。可惜最後他研製的逆轉藥也未能完全成功，他最後變成一個七成人、三成狼的混合體。因為他發現變成狼人越久，原來的 DNA 就越被破壞，越難以逆轉，也沒有可能完全回復原狀，只有被咬的初期就喝藥才有機會變回人類。其實如果他不是先喝了禾特製的逆轉藥，而是一早喝自己製的藥，效果肯定會更佳，只是若當時沒喝禾特製的藥，以他一隻全狼，肯定難以繼續研究。

突然就在此時，門外有人叩門，隔著門問「威廉博士，沒事吧！我剛才聽到打碎玻璃聲！」

「沒事，只是我打破了一個試管架，我自己就能清理，我需要安靜思考，請你勿打擾」

「明白」跟著門外就寂靜下來。

原來守在門外的國安人員，正是禾特的手下。威廉雖然聰明，但他只是科學家，如何能逃出特務頭子的天羅地網。很快禾特就找出了威廉逃回實驗室。只是禾特本想帶威廉回去繼續研究，但見到他變成了人多狼少的混合體，知道他的才智技術遠超他手下眾科學家，他能做到自己手下做不到的成果。於是就讓他留在自己的實驗室繼續研究，就是連我的黃血也交給了他研究，只不過換了他的研究團隊，又加派了保安駐守監視他。若我不是破窗而入，而是經大門進入，早就已驚動了禾特。

　　「昨天我在電視中就看到爆發了吸血鬼瘟疫，哪知才一陣子，禾特就送來了一些收集了吸血鬼血液，希望我能研究能否同樣逆轉」

　　他續說「但吸血鬼 DNA 變異實在來得比狼人變異快得多，我研製的逆轉藥難以發揮作用」

　　「難道真的沒有法子？」我甚是懊惱。

　　「不是，要把被咬的人逆轉變回人，我這刻確是沒有辦法，但要阻止這瘟疫漫延，我卻是有法子。我發覺雖然被咬的人很快已變成吸血鬼，但體內還充斥著人類原本的 DNA，沒有大幅改變，所以被咬的人雖會變得嗜血，但卻不會變成一隻蝙蝠，除了多了幾顆尖牙，連外貌也沒有大幅改變。只要他仍有部份是人，就有辦法對付」

　　他再說「很久之前我對世間數種可怕病毒如伊波拉等曾有深入的研究，想找出其能殺死這些病毒的藥，只是我未能成功研製破解之藥，卻成功研究出能短暫抑制病毒發作的抑制劑，只是抑制的時間太短，只有一天左右，所以我從來沒有公開公佈，後來我又研究可否以病毒攻病毒，亦因出於好奇，我曾將四種極致命病毒 --- 伊波拉病毒(Ebola)、馬

爾堡病毒(Marburg)、立百病毒(Nipah)、狂犬病毒(Rabies)混合，要看哪種病毒最厲害，並以不同的合成分量注入動物做實驗，結果誤打誤撞研發了一隻超級病毒。只是我的原意並非製造一隻超級殺人武器，我就把病毒樣本小心封存，同樣沒有公開。我雖渴望成功，卻也不想成為殺人狂魔。我之後再轉向集中研究 DNA 尋求突破。這超級病毒對人類的殺傷力達百分之百，遠超如伊波拉等只有約五成多的死亡率，這些病毒由病發至死的時間只是數小時。只要把它注射入那些被咬的人體內，我想應能殺死這些還是半人半鬼的吸血鬼，而且病毒會存在他血液中，即使他去咬人，病毒同樣會再次傳到被咬之人，時間一到，無論被咬的和咬人的一樣會死去，這就能止住瘟疫。」

「但我們的問題，就是難以找齊全部被咬的人，他們被咬未必立時就變吸血鬼，會將自己隱藏在某處直至病發，所以關鍵不是消滅他們，我們有許多武器能勝任，但關鍵是難以找全他們及將剛被咬的人從正常人中分辨出來。三位上將已在商討大範圍的使用核彈。但這樣會引致極大規模的死亡及生態災難。我希望能找到另外的方法而不需使用核彈！」

「所以我的建議是把我發明的抑制劑混合病毒，注射在人類中，抑制劑會把病毒發作的時間多拖延半日。只要將這人放進封控區內，就很大機會被吸血鬼吸取其血，這樣就會將病毒自動傳開，而不需要你們尋找。」

「你的意思即是以人為餌？！」

「是的！如果你用激光劍斬殺吸血鬼，只能見一個一個的殺。但一個注入了病毒的餌就可以吸引十數、甚至過百吸血鬼咬噬！」

「這些不可行！」我立時說「怎能以無辜的人為餌！」

「但這卻是最有效的，因為不用你們去找吸血鬼，他們會自動送上門」

我沒回答，轉念一想，我問「這病毒可否變成針藥，就如麻醉槍般用來獵殺那些吸血鬼？」這種藥彈槍遠比一般槍械更有效，一般槍械要打中吸血鬼心臟才能有效，有時甚至打中一發還未夠，所以效率很低，士兵一直投訴難以殺死吸血鬼，所以眾將軍一直想用核彈，而且肯定短時間內就會決定使用，免得夜長夢多。但如使用核彈，封控區內 20 萬人就要陪葬，我了解他們，他們絕不會冒險放人離開封鎖區的，但這種藥彈只要打中目標就能發揮功用，效率就會大大提升。就是不用餌，應有更大機會能消滅吸血鬼。這或能勸阻各上將們使用核彈，這方法起碼值得一試。

威廉稍作思考，說「把這藥製成針藥應可行，我知你熟悉維達，他家既有藥廠、亦有兵工廠，你叫他把病毒製造成針槍應可事半功倍的。」

他轉念又想「我的抑制劑或許也能抑制吸血鬼病毒，使剛被咬的人延緩變成吸血鬼。只是我也不太肯定！我在想只要捉一個被咬又未變作吸血鬼的人，既然已沒可能幫他逆轉。就為其注入病毒和抑制劑，使其延緩變成吸血鬼，就可以變成另一種餌！只是抑制劑能否延緩吸血鬼病毒實是未知之數！」因為吸血鬼不會咬吸血鬼。他們只會咬未變吸血鬼的人，若抑制劑能抑制吸血鬼病毒，威廉的方法就或變得可行。但我始終反對以人為餌。

威廉的答案讓我看到希望，但亦同時暗暗心驚世上竟有這種嚇人

的超級病毒。

「那這病毒能對付蝠族的吸血蝙蝠嗎？」我突然再問。

「當然不可以！這些病毒本來自蝙蝠，對蝙蝠當然起不了作用。但仍會對帶有人類基因的吸血鬼起致命的效果！」

只要能剿滅吸血鬼，就值得一試，他的話帶來希望，我不敢久留，急忙從威廉處取走樣本。他再三囑咐我要小心處理病毒。

正要離去時，威廉對我說「對不起！永照，我實有負你媽媽所托，盼你能原諒我！」

我點點頭，突然想起他在我少年時對我真的很好，就衝口問「威廉叔叔，若這場禍害能妥善完結，我再回來救你脫離禾特之手，好嗎？」

「你的好意，我謝過了。只是這刻我半狼半人的模樣，無論去到何處，也只會比人當作怪物，絕不可能有真正的自由。我留在這裏，禾特提供了很好的研究條件，我所提出的要求，他甚少拒絕。我還是留在自己的實驗室最滿足安全。」

我心想這話也是，只是感到有點唏噓，就急忙拜別飛走了。

我這一去，由於要等威廉取出並激活病毒樣本，並再詳細解說應如何使用，免得病毒外洩造成別種大災難，這樣一去就已經過了一天有多。回去後，知道軍方已把感染區圍封，還擴大了封鎖範圍，現在只是禁區內還有約二十八萬人居住，生活在封鎖區中，這批人每天只靠每天正午空投在廣場的物資生活。而估計區內吸血鬼的數目縱使經多次圍剿

光 與 暗 之 戰

後仍有數千，若有人被吸血鬼所咬，大多都是短時間內變為吸血鬼，但亦有些可能要一天半日後才轉變。就是轉變了，只要他吸飽了血，外表也會與常人無異。由於實難分辨某人有沒有被咬，軍方被命令向嘗試逃離禁區的人一律射殺，而且為了要確保射中心臟，確保殺死吸血鬼，某些嘗試逃走的人會被機槍掃射成為蜂窩，令人慘不忍睹。

我立時去找維達，就在聯盟的新總部內的一條走廊中遇上他。我連忙將我從威廉所聽到的一切都告訴了他，只是沒說威廉已變了半狼半人。我並再三叮囑維達將病毒製成槍彈以獵殺吸血鬼。也大約提過威廉用活人做餌的提議，只是我認為絕不應用活人做餌。

維達聽後大喜「放心，包在我身上，我立即就會去藥廠實驗室，我又會聯絡兵工廠進行計劃。」

於是我把病毒交付了維達後，維達轉身就走了。我就連忙去找安娜。

安娜這刻情緒已稍為平復，還與眾人商量要如何清剿吸血鬼。我用靈力召喚她出來，我想與她有些獨處的時間，不欲向眾人現身。

安娜出來後來到走廊，我與她熱切相擁，但擁抱過後，她記掛著瘟疫大事，就問我為何離去，及找到辦法應對沒有。我向她說「我已找到了方法解決瘟疫，並交付了維達執行，我相信問題應可解決。這刻我只想跟妳單獨相處！」我想雖然藥彈不能短時間解決所有吸血鬼，但只要長期圍封再加上藥彈，就應該能解決這次瘟疫。

安娜聽到有方法解困後甚感欣慰，也說「你找到解決方法就好！

盼這瘟疫盡快完結！」說罷就把頭深藏在我的懷中。我想她的心情始終尚未完全平復。

突然好像是摩里斯的聲音在走廊轉角處響起，而且應轉彎就到，我忙說「這裏人多，我們換個地方再說」我把她拉到我房中去，但我兩人在走廊中相擁的情景，卻已被遠處的維達看見，原來他回頭要拿回遺忘了的電話。

在我房內，我再次緊緊擁抱她，她亦緊緊擁抱我。

我不想再談些煞風景的事「妳放心，我相信維達有能力妥善執行計劃，事情會得到解決，這些事明天再談。火武士明天就會再來，此刻就是天塌下來，我也不想再理，只想單獨和妳靜靜的在一起！我只想告訴妳，我多愛妳！」

安娜被我話激發熱情，迎著我吻上來，我倆熱烈的擁吻。一會兒安娜脫去了她的上衣，之後再解我衣上的鈕扣。

我問「妳真的可以嗎？」

「只要你真愛我就可以，況且我倆不是已定婚盟嗎？」

我實在難再控制我的激烈如火的熱情……

第十三章
分離

　　經過一夜安眠後，安娜從無盡幸福中醒過來，令她暫忘傷痛，這刻幸福的感覺依然彌漫，只是醒來卻已不見了我。她起床披上外衣，遮蓋她裸露的身體，卻發現了我竟留下一信封信給她。她頓時有種不祥之感，打開細看。

　　「安娜，我們別了！請原諒我不辭而別！但我怕跟妳說了，我就不願再與妳分離。我真不願與妳分離，但伊古魯的話是對的，只要若我一天在地球，地球都會不斷被攻擊，直到我被捉或死了方休，若我走了，就能換來地球和平！我實在不得不走。我想過千次百次要與妳一起走，但我這去本是逃亡，要逃到何處？逃到何時？會遇上有何危難？我實不知道。我如何可以帶著妳客死異鄉呢？我以往對甚麼都不在乎？但這刻就是要我死，我也要保妳安全，妳就是我的一切，只要我走了就能保妳安全，其他的我都不在乎，只要妳安全就好。昨晚是我一生中最幸福的一晚，我將在餘生中永記！我本不應這麼自私，但我實在不能控制自己對妳的情感。我走了，不要為我流淚，這會令我心碎。我或許會重臨地球，或許永遠不會，妳還是不要等我，妳要尋找妳幸福的未來，就算妳那未來中沒有我，我仍會在遠方祝福妳！愛妳的永照」

　　安娜看後立時追出四處尋找我，竟四處都已找不著我，只得怔怔

的流下淚來。

原來伊古魯的話一直徘徊我腦海，我苦思只有我逃離地球才能保地球和安娜安全。除此實沒有其他方法，只是我一直下不了決心，但就在安娜答應嫁我之時，我反下定了決心要保護她。於是我用言語套住了火武士，叫他不能在與我比試前破壞地球或傷害我的朋友。我一早問伊古魯借了點聖水，讓我在出發時塗在身上叫火武士未能感應我，然後我在交待了消滅吸血鬼計劃給維達後，就跟安娜作最後的獨處，之後再偷了保羅的太空船乘夜離去。

安娜哭了一陣，定過神來，就找保羅，知道我偷了他的太空船，就問保羅可否聯絡我。只是我已把一切聯絡也暫時切斷了。安娜勉強止住了哀傷，聯合保羅、咸美頓、鬼塚數人等找上維達，要看此瘟疫要如何解決。

只見維達的辦事能力真的極高，只短短不足十數小時就製造了一大批疫苗，這效率之高真叫人難以置信。維達同時已聯絡馬菲斯上將叫他要務必要在日落前給圍封區內的所有人接種這疫苗，說是我交託他這樣做。

「永照說疫苗能有效防止被咬的人變作吸血鬼，我也不知是甚麼成份？只知他說非常有效，能阻止瘟疫漫延」

由於時間緊迫，趁著白日，在圍封區內的所有人都戰戰兢兢的從居住出來指定的地方接種疫苗，只見疫苗不斷由維達的藥廠源源不絕的運至。大家不見我雖感奇怪，但我既有之前不辭而別之先例，也不多問。

光 與 暗 之 戰

午正，火武士終於重臨地球，竟然發覺我已離開，完全感應不到我的存在，勃然大怒。

　　他不住的咆哮「光武士你躲到了哪裏？無膽匪類躲到了哪裏？」火武士一心以為我只要索羅和費特在此，我就不會逃去。哪知我固想報仇，但更想保護我所愛的人。

　　沒有了我在，地球勢孤力弱，難以對抗，大家都敢怒不敢言，大家又對我不辭而別，臨陣退縮同感憤怒。

　　火武士大怒，「你還不出來，我就把整個地球焚燒」，說罷只見他掌心就現出一個大火球，只待他向何處擲，那處就必有死傷，維達大聲說「你不是答應了光武士和他對戰前不會傷害地球的嗎？」

　　火武士一時無言，滿腔怒火無處發洩，一股腦兒將數個大火球擲向大海去，霎時水火相交，水因高溫蒸發而急速膨漲，就立時引發大爆炸。大爆炸雖沒殺人，但海中魚蝦恐怕死掉過千，海面上浮滿了燒焦魚屍。火武士本想以烈火焚燒地球，但確曾答應過和我對戰前不可傷害地球，既被維達的言語擠著，就憤而收手，說「莫以為你能逃出我的手掌。就算你用言語套住我，我仍有辦法要你乖乖送上門」說罷，他展開他的巨翼四處飛翔，大家都見識過他的威力，無不變色，不知他下一步要如何？

　　哪知他突然從空中俯衝，直撲維達，維達也不禁有懼色，只不過仍站在原地，沒有逃跑。哪知他直撲的目標竟不是維達，而竟是維達身旁的安娜。

在不足以千分之一秒間，火武士已倏然而至，把安娜抓在手中。安娜被火武士一抓抓到空中，完全無從招架，但她面上只見一絲哀愁，竟然仍無懼色。

　　火武士說「叫光武士自己親來贖回他的愛人！還叫他要盡快，否則我忍不住吸她幾口血，我可沒能賠他老婆！」

作 者	ǀ	火幻光
書 名	ǀ	光與暗之戰 3——人狼、蛇妖、吸血蝠
出 版	ǀ	超媒體出版有限公司
地 址	ǀ	荃灣柴灣角街 34-36 號萬達來工業中心 21 樓 02 室
出版計劃查詢	ǀ	(852) 3596 4296
電 郵	ǀ	info@easy-publish.org
網 址	ǀ	http://www.easy-publish.org
香 港 總 經 銷	ǀ	聯合新零售 (香港) 有限公司
出 版 日 期	ǀ	2024 年 6 月
圖 書 分 類	ǀ	流行讀物
國 際 書 號	ǀ	978-988-8839-93-3
定 價	ǀ	HK$98

Printed and Published in Hong Kong

版權所有 · 侵害必究

如發現本書有釘裝錯漏問題，請攜同書刊親臨本公司服務部更換。